CONTES

DE

BOCCACE

ÉDITION NOUVELLE

Le grand Saladin et le Juif Melchisedech.

PARIS.

LE BAILLY, LIBRAIRE-ÉDITEUR

Rue de l'Abbaye–Saint-Germain-des-Prés, 2 bis.

CONTES CHOISIS

DE BOCCACE

Le Repas aux Gelinottes.

Ⓒ

CONTES

DE

BOCCACE

ÉDITION NOUVELLE

Les Enfants perdus.

PARIS.

LE BAILLY, LIBRAIRE-ÉDITEUR

Rue de l'Abbaye–Saint-Germain-des-Prés, 2 bis.

CONTES
DE BOCCACE

LES TROIS ANNEAUX

Saladin fut un si grand et si vaillant homme, que son mérite l'éleva non-seulement à la dignité de Soudan de Babylone, mais lui fit remporter plusieurs victoires éclatantes sur les chrétiens et sur les Sarrasins. Comme ce prince eut diverses guerres à soutenir, et que d'ailleurs il était naturellement magnifique et libéral, il épuisa ses trésors. De nouvelles affaires lui étant survenues, il se trouva avoir besoin d'une grosse somme d'argent; et, ne sachant où la prendre parce qu'il la lui fallait promptement, il se souvint qu'il y avait dans la ville d'Alexandrie un riche juif nommé Melchisédech, qui prêtait à usure. Il jeta ses vues sur lui pour sortir d'embarras. Il ne s'agissait que de le déterminer à lui rendre ce service; mais c'était là en quoi consistait la difficulté; car ce juif était l'homme le plus intéressé et le plus avare de son temps, et Saladin ne voulait point employer la force ouverte. Contraint cependant par la nécessité,

1.

et prévoyant bien que Melchisédech ne donnerait jamais de son bon gré l'argent dont il avait besoin, il s'avisa, pour l'y contraindre, d'un moyen raisonnable en apparence. Pour cet effet, il le mande auprès de sa personne, le reçoit familièrement dans son palais, le fait asseoir auprès de lui, et lui tient ce discours : Melchisédech, plusieurs personnes m'ont dit que tu as de la sagesse, de la science, et que tu es surtout très-versé dans les choses divines ; je voudrais donc savoir de toi laquelle de ces trois religions la juive, la mahométane et la chrétienne, te paraît la meilleure et la véritable ?

Le juif, qui avait autant de prudence que de sagacité, comprit que le Soudan lui tendait un piége, et qu'il serait infailliblement pris pour dupe s'il donnait la préférence à l'une de ces trois religions. Heureusement il ne perdit point la tête, et, avec une présence d'esprit singulière : Seigneur, lui dit-il, la question que vous daignez me faire est belle et de la plus grande importance ; mais, pour que j'y réponde d'une manière satisfaisante, permettez-moi de commencer par un petit conte.

« Je me souviens d'avoir plusieurs fois ouï dire que, dans je ne sais quel pays, un homme riche et puissant possédait, parmi d'autres bijoux précieux, un anneau d'une beauté et d'un prix inestimable. Cet homme voulant se faire honneur de ce bijou si rare, forma le dessein de le faire passer à ses successeurs comme un monument de son opulence, et ordonna, par son testament, que celui de ses enfants mâles qui se trouverait muni de cet anneau après sa mort, fût tenu pour son héritier, et respecté comme tel du reste de sa famille. Celui qui reçut de lui cet anneau fit pour ses successeurs ce que son père avait fait à son égard. En peu de temps ce bijou passa par plusieurs mains, lorsque enfin il tomba dans celles d'un homme qui avait trois enfants, tous trois bien faits, aimables, vertueux, soumis à ses volontés, et qu'il aimait également. Instruits des prérogatives accordées au possesseur de l'anneau, chacun de ces jeunes gens, jaloux de la préférence, faisait sa cour au père, déjà vieux, pour tâcher de l'obtenir. Le bon homme, qui les chérissait tous également et qui les estimait autant l'un que l'autre, et qui l'avait successivement promis à chacun d'eux, était fort embarrassé pour savoir auquel il devait le donner. Il aurait voulu les contenter tous trois, et son amour lui en suggéra le moyen. Il s'adressa secrètement à un orfèvre très-habile, et lui fit faire deux autres anneaux qui furent si parfaitement semblables au modèle, que lui-même ne pouvait plus distinguer les faux du véritable. Chaque enfant eut le sien. Après la mort du père, il s'éleva, comme on le pense bien, de grandes contestations entre les trois frères. Chacun en particulier se croit des droits légitimes à la succession : chacun se met en devoir de se faire reconnaître pour héritier et d'en exiger les honneurs. Refus de part et d'autre. Alors chacun de son côté produit son titre : mais les anneaux se trouvent si ressemblants, qu'il n'y a pas moyen de distinguer quel est le véritable. Procès pour la succession ; mais ce procès, si difficile à juger, demeura pendant et pend encore. »

Il en est de même, Seigneur, des lois que Dieu a données aux trois peuples sur lesquels vous m'avez fait l'honneur de m'interroger. Chacun croit être l'héritier de Dieu, chacun croit posséder sa véritable loi et observer ses vrais commandements. Savoir lequel des trois est encore indécis, et ce qui, selon toute apparence, le sera longtemps.

Saladin vit par cette réponse que le juif s'était

habilement tiré du piége qu'il lui avait tendu. Il comprit qu'il essayerait vainement de lui en tendre de nouveaux. Il n'eut d'autre ressource que de s'ouvrir à lui, ce qu'il fit sans détour. Il lui exposa le besoin d'argent où il se trouvait, et lui demanda s'il voulait lui en prêter. Il lui apprit en même temps ce qu'il avait résolu de faire dans le cas où sa réponse eût été moins sage. Le juif, piqué de générosité, lui prêta tout ce qu'il voulut ; et le soudan, sensible à ce procédé, se montra très-reconnaissant. Il ne se contenta pas de rembourser le juif, il le combla encore de présents, le retint auprès de sa personne, le traita avec beaucoup de distinction, et l'honora toujours de son amitié.

LES GELINOTTES

Le marquis de Montferrat fut un des plus grands et des plus valeureux capitaines de son temps. Son mérite l'ayant élevé à la dignité de gonfalonier de l'Église, il fut obligé, en cette qualité, de faire le voyage d'outre-mer avec une grosse armée de chrétiens qui allaient conquérir la Terre-Sainte. Un jour qu'on parlait de ses hauts faits à la cour de Philippe le Borgne, roi de France, qui se disposait à faire le même voyage, un courtisan s'avisa de dire qu'il n'y avait pas sous le ciel un plus beau couple que celui du marquis et de la marquise, sa femme, et qu'autant le mari l'emportait par ses grandes qualités sur les autres guerriers, autant la marquise était supérieure aux autres femmes par sa beauté et sa vertu.

Ces paroles firent une telle impression sur l'esprit

du roi, que, sans avoir jamais vu la marquise, il conçut dès ce moment de l'amour pour elle. Comme il était alors sur le point de partir pour la Palestine, il résolut de ne s'embarquer qu'à Gênes, afin qu'allant par terre jusqu'à cette ville, il eût occasion de passer par Montferrat et d'y voir cette belle personne. Il se flattait qu'à la faveur de l'absence du mari, son amour serait partagé.

Philippe ne tarda pas d'exécuter son projet. Après avoir fait prendre les devants à ses équipages, il se mit en route avec une petite suite de gentilhommes. A une journée du lieu qu'habitait la marquise, il lui envoya dire qu'il irait dîner le lendemain chez elle. La dame, prudente et sage, répondit qu'elle était très-sensible à cet honneur, et qu'elle ferait de son mieux pour le bien recevoir. Cette visite de la part d'un si grand monarque, qui ne pouvait ignorer que son mari était absent, parut d'abord l'inquiéter. Elle n'en devinait pas le motif; mais, après y avoir un peu rêvé, elle ne douta point que la réputation de sa beauté ne lui attirât cette distinction. Cependant, pour soutenir la dignité de son rang, elle résolut de lui rendre tous les honneurs possibles. Elle fit assembler les gentilhommes du canton pour régler, par leur conseil, ce qu'il convenait de faire en pareil cas; mais elle ne voulut confier à personne le soin du festin ni le choix des mets qui devaient être servis. Elle donna ordre qu'on prît toutes les gelinottes qu'on put trouver, et commanda à ses cuisiniers de les déguiser du mieux qu'ils pourraient, et d'en faire plusieurs services sans y ajouter aucune autre viande.

Le roi ne manqua pas d'arriver le lendemain, comme il l'avait fait dire, et fut honorablement reçu chez la marquise. Il fut enchanté de l'accueil qu'elle lui fit; et voyant que sa beauté surpassait encore ce

que la renommée lui en avait appris, son amour
augmenta à proportion des charmes qu'il lui trouvait.
Il la loua beaucoup, et ses compliments n'étaient
qu'une faible expression des feux qu'il éprouvait.
Pour se délasser, il se retira ensuite dans l'appartement qu'on lui avait préparé; et l'heure du dîner
étant venue, Sa Majesté et la marquise se mirent seuls
à une même table.

La bonne chère, les vins choisis et excellents, le
plaisir d'être auprès d'une belle femme qu'il ne se
lassait point de regarder, transportaient le roi. S'é-
tant toutefois aperçu, à chaque service, qu'on ne lui
servait que des poules, préparées, à la vérité, de diverses manières, il parut un peu surpris de cette affectation. Il avait remarqué que le pays produisait
d'autres espèces de volailles et même du gibier, et il
ne pouvait douter qu'il n'eût dépendu de la dame de
lui en faire servir. L'esprit de galanterie, qui le conduisait, l'empêcha cependant de témoigner aucun
mécontentement. Il se félicita même de trouver dans
cette multiplicité de mets, composés d'une seule et
même viande, l'occasion de lâcher quelques gentil-
lesses à la marquise. Madame, lui dit-il avec un air
riant, est-ce que dans ce pays seulement les poules
naissent sans coq? faisant sans doute allusion à ce
que dans cette quantité de poules il n'avait trouvé
ni poulet, ni chapon. Madame de Montferrat comprit
très-bien le sens de cette demande, et, voyant que
c'était là le moment de lui faire connaître ses dispositions, elle lui répondit avec courage et sur le
champ: Non, sire, mais les femmes d'ici ressemblent
aux femmes de partout ailleurs, malgré la différence
que mettent entre elles les habits et les dignités.

Le roi, sentant toute la force de cette réponse,
comprit alors le dessein de la marquise. Il vit dès

ce moment qu'il était inutile d'aller plus avant, que
ses soins seraient perdus. Il se reprocha à lui-même
de s'être enflammé trop légèrement; il renonça au
désir de l'agacer davantage, de peur de s'exposer à
de nouvelles réparties. Il ne fut pas plutôt sorti de
table, que, afin de mieux cacher le but de sa visite,
il reprit tout de suite le chemin de Gênes, et remercia
la marquise des honneurs qu'il en avait reçus.

LE DINER DE L'ABBÉ

Peu de gens ignorent que messire Can de la Scalle
fut un des plus magnifiques seigneurs qu'on ait vus
naître en Italie depuis l'empereur Frédéric II. Il est
peu d'hommes que la fortune ait autant favorisés, et
qui aient su se faire plus d'honneur que lui de leurs
richesses. Un jour qu'il s'était proposé de donner
une fête superbe dans la ville de Vérone, et qu'il avait
fait en conséquence de grands préparatifs, on le vit
changer tout à coup de résolution, pour des motifs
qu'on a toujours ignorés, et combler de présents les
étrangers que la nouvelle de cette fête avait attirés
de toutes parts à sa cour, afin de les dédommager
par cette politesse du spectacle et des divertissements
qu'il comptait leur donner. Il oublia, dans ses géné-
rosités, un nommé Bergamin, homme agréable, beau
parleur, et qui avait des saillies si heureuses, qu'il
fallait l'avoir entendu pour s'en former une idée
juste. On prétend que cet oubli fut volontaire de la
part du prince, qui s'était figuré que cet homme ne
valait pas la peine qu'on s'occupât de lui. D'après
cette idée, il ne crut point lui devoir aucun dé-

dommagement, ni lui faire dire de s'en retourner.

Cependant Bergamin, qui n'avait entrepris le voyage de Vérone que dans l'espérance d'en retirer quelque profit, voyant qu'on ne songeait point à lui, et qu'il dépensait beaucoup à l'auberge, soit pour lui et ses domestiques. soit pour ses chevaux, commença à s'impatienter et à être de fort mauvaise humeur. Persuadé néanmoins qu'il ferait mal de partir sans prendre congé, il attendit encore, quoiqu'il eût déjà tout dépensé son argent, car l'aubergiste n'était pas homme à se payer de ses saillies.

Le pauvre Bergamin avait apporté avec lui trois habits fort riches, dont quelques seigneurs lui avaient fait présent, pour qu'il pût paraître avec honneur à la fête. Il en donna un à son hôte pour le payer de ce qu'il lui devait. Comme il s'obstinait toujours à ne point s'en retourner, il fallut encore donner le second habit. Enfin, résolu d'attendre le dénouement de cette aventure, il était sur le point de livrer le troisième et de partir, lorsqu'un jour, se trouvant au dîner de messire Can, il se présenta devant lui avec un visage triste et un air rêveur. Qu'as-tu, Bergamin, lui dit ce seigneur, plutôt pour l'insulter que pour s'amuser de ce qu'il pourrait lui répondre; qu'as-tu donc? tu parais avoir du chagrin. Ne peut-on point en savoir le sujet? Bergamin répondit sur le champ, comme s'il s'y fût préparé d'avance, par le conte que voici :

«Vous saurez, monseigneur, qu'un nommé Primasse, célèbre grammairien, était l'homme de son temps qui faisait le plus facilement des vers. Jamais poëte n'excella comme lui dans les impromptus sur toutes sortes de sujets. Ce talent, joint à ses grandes connaissances, le rendit si fameux, que, dans les pays même où il n'avait jamais paru, il n'était ques-

tion que de Primasse : la renommée ne parlait que
de lui. Le désir d'acquérir de nouvelles connaissances l'amena un jour à Paris. Il y parut dans un triste
équipage ; car son savoir n'avait pu le garantir de
l'indigence, par la raison que les grands récompensent
rarement le mérite. Il entendit beaucoup parler dans
cette ville de l'abbé de Cluny, qui, après le Pape,
passe pour le plus riche prélat de l'Église. On disait
des merveilles de sa magnificence, de la cour brillante
qu'il avait, de la manière dont il régalait tous ceux
qui l'allaient voir à l'heure du dîner. Frappé de ce
récit, Primasse, qui était curieux de voir les hommes
magnifiques et généreux, résolut d'aller visiter
M. l'abbé. Il s'informe s'il demeurait loin de Paris.
Il apprend qu'il habitait une de ses maisons de campagne qui n'en était éloignée que de trois lieues.
Primasse calcula qu'en partant de grand matin il
pourrait arriver à l'heure du dîner. Il se fait ensei-
gner le chemin; mais, dans la crainte de ne rencontrer personne qui, allant du même côté, pût l'empêcher de s'égarer et d'aboutir quelque part où il n'aurait eu rien à manger, il eut la précaution d'emporter
avec lui trois pains, comptant qu'il trouverait partout
de l'eau, pour laquelle, d'ailleurs, il avait peu de
goût. Muni de cette provision, il se met en route, et
va si droit et si bien, qu'il arrive à la maison de plaisance de M. l'abbé avant l'heure du dîner. Il entre,
il examine tout, et à la vue d'une quantité de tables
dressées, de plusieurs tables bien garnies et de tous
les autres préparatifs, il conclut en lui-même qu'on
n'a rien dit de trop de la magnificence du prélat.

Tandis qu'il était occupé de ces réflexions, et que,
n'osant lier conversation avec personne, il portait
partout un œil étonné et curieux, l'heure du dîner
arrive. Le maître d'hôtel commande qu'on donne à

laver et que chacun se mette à table. Le hasard
voulut que Primasse se trouvât placé justement vis-
à-vis de la porte d'où M. l'abbé devait sortir pour
entrer dans la salle à manger. Vous noterez, Monseigneur, que c'était la coutume chez lui de ne rien
servir, pas même du pain, qu'il ne fût lui-même à
table. Tout le monde était donc placé; le maître
d'hôtel fait dire à M. l'abbé qu'on n'attend que lui
pour servir. L'abbé sort de son appartement. À peine
a-t-il mis un pied dans la salle, que, frappé de la
figure et du mauvais accoutrement de Primasse, qu'il
voyait pour la première fois, et qui fut précisément
le premier objet de ses regards, il fit une réflexion
qui ne lui était encore jamais venue dans l'esprit.
Mais voyez donc, dit-il en lui-même, à qui je fais
manger mon bien! Puis, reculant d'un pas, il fait
refermer sa porte, et demande à ceux de sa suite
s'il connaissent l'homme qui est assis à table au-
devant de la porte de son appartement. Chacun répondit qu'il ne le connaissait point.

Cependant Primasse, affamé comme un homme qui
avait longtemps marché, et qui n'était pas accoutumé
à dîner si tard, voyant que l'abbé se faisait trop
attendre, tire un pain de sa poche et le mange sans
façon. Quelque temps après, le prélat ordonne à un
de ses gens de voir si l'inconnu était toujours là. Il
y est encore, Monseigneur, répond le domestique,
et même il mange un morceau de pain qu'il semble
avoir apporté. — Qu'il mange du sien s'il en a, car
pour du mien il n'en tâtera pas d'aujourd'hui, ré-
partit l'abbé avec un mouvement de dépit. Il ne voulait pas, toutefois, lui faire dire de se retirer, croyant
que ce serait une impolitesse trop marquée; il espérait que l'inconnu prendrait ce parti de lui-même.
Primasse, qui ne se doutait pas de ce qui se passait,

ayant mangé un de ses pains, et voyant que l'abbé
ne se pressait pas de venir, tire le second et le mange
avec le même appétit que le premier. On en instruisit le prélat, qui avait fait regarder de nouveau si
l'étranger était encore là. Enfin, Primasse, désespérant de le voir arriver, et n'ayant pu apaiser sa faim
par les deux premiers pains, tire le troisième, sans
s'inquiéter de l'étonnement qu'il causait à ceux qui
étaient auprès de lui. L'abbé en est encore informé,
et, surpris de la constance de cet homme, fait des
retours sur lui-même, et se dit : Quelle étrange idée
m'est aujourd'hui venue dans l'esprit ! D'où vient
cette avarice ? ce mépris ? Qui sait encore pour qui ?
Ne m'est-il pas arrivé cent fois d'admettre à ma table
le premier venu, sans examiner s'il était noble ou
roturier, pauvre ou riche, marchand ou filou ? A
combien de mauvais sujets n'ai-je pas fait politesse,
qui peut-être étaient pires que celui-ci ? D'ailleurs,
il n'est pas possible que ce mouvement d'avarice ait
pour sujet un homme de rien. Il faut nécessairement
que ce soit un personnage d'importance, puisque je
me suis ravisé de lui faire honneur. Sur cela, il voulut savoir qui il était. Ayant appris que c'était Primasse, et qu'il venait pour être témoin de sa magnificence dont il avait beaucoup ouï parler, l'abbé, qui
le connaissait de réputation, rougit de son procédé,
et n'épargna rien pour réparer sa faute. Il lui témoigna la plus grande estime, et lui fit tous les honneurs possibles. Après le dîner, il commanda qu'on
lui donnât des habits convenables à un homme de
son mérite, lui fit présent d'une bourse pleine d'or et
d'un très-beau cheval, lui laissant la liberté de passer
chez lui tout autant de jours qu'il voudrait. Primasse, le cœur plein de joie et de reconnaissance,
rendit un million de grâces à M. l'abbé, et reprit,

à cheval, la route de Paris, d'où il était parti à pied.

Messire Can de la Scalle, qui ne manquait pas de pénétration, comprit aussitôt ce que voulait Bergamin, et, sans attendre d'autre explication de sa part, lui dit en souriant : « Bergamin, tu m'as fait connaître très-honnêtement tes besoins, ton mérite, mon avarice, et ce que tu désires de moi. J'avoue que je ne me suis jamais montré avare qu'à ton égard ; mais je te promets de me corriger par les mêmes moyens que tu m'as si adroitement indiqués. » Cela dit, il fit payer les dettes de Bergamin, lui donna un de ses plus riches habits, une bourse bien garnie, un des plus beaux chevaux de son écurie, et lui laissa le choix de s'en retourner ou de demeurer encore quelque temps à Vérone.

L'AVARE CORRIGÉ

Il y eut autrefois à Gênes un gentilhomme commerçant, connu sous le nom de messire Ermin de Grimaldi, qui passait pour le plus riche particulier qu'il y eût alors en Italie. Mais autant il était opulent, autant était-il avare. Il n'ouvrait jamais sa bourse pour obliger qui que ce fût, et se refusait à lui-même les choses les plus nécessaires à la vie, tant il craignait de faire la moindre dépense ; bien différent en cela des autres Gênois, qui aimaient le faste et la bonne chère. Il poussa cette ladrerie si loin, que ses concitoyens lui ôtèrent le surnom de Grimaldi, pour lui donner celui de Ermin l'avare.

Pendant que, par son économie sordide, il augmentait tous les jours ses richesses, arriva à Gênes un courtisan français, nommé Guillaume Boursier; c'était un gentilhomme plein de droiture et d'honnêteté, parlant avec autant d'esprit que d'aisance, généreux et affable envers tout le monde. Les gentilshommes du temps passé étaient sans cesse occupés à mettre la paix dans les familles divisées, à favoriser les alliances convenables, à resserrer les nœuds de l'amitié; ils se faisaient un plaisir et un devoir d'égayer les esprits mélancoliques, par des propos aussi joyeux qu'innocents, de secourir les malheureux, et de rendre service aux hommes de tous états : ils cultivaient leur esprit pour se rendre utiles et intéressants dans la cour où ils vivaient, et étaient surtout attentifs à réprimer, par une juste censure et avec la douceur d'un père à l'égard d'un enfant, les vices et les travers de leurs inférieurs. Les gentilshommes de nos jours leur ressemblent peu, et c'est là une preuve évidente que la vertu n'habite plus aujourd'hui parmi les hommes.

Guillaume Boursier fut visité et honoré de toute la noblesse de Gênes. Il eut bientôt occasion d'entendre parler de l'avarice de messire Ermin et de la vie malheureuse qu'il menait, et il lui prit fantaisie de le voir. Ermin, qui, tout avare qu'il était, avait conservé un reste de politesse, et qui, de son côté, avait entendu dire que messire Boursier était un fort galant homme, le reçut de bonne grâce, et soutint à merveille la conversation, qui roula sur différents sujets. Il fut si enchanté de l'esprit et des manières polies de ce courtisan, qu'il le mena, avec les Gênois qui l'avaient conduit chez lui, à une belle maison qu'il avait fait bâtir depuis peu et qu'il voulait lui faire voir. Quand il lui en eut montré les divers appartements : « Monsieur, lui dit-il en se tournant vers lui, vous,

qui paraissez si instruit et qui avez vu tant de choses,
ne pourriez-vous pas m'en indiquer une qui n'eût
jamais été vue, et que je voudrais faire peindre dans
la salle de compagnie ? » Boursier, sentant le ridicule de cette demande : « Faites-y peindre des éter-
nuements, lui répondit-il ; c'est une chose que personne n'a jamais vue et qu'on ne verra jamais. Mais
si vous voulez, ajouta-t-il, que je vous en indique
une qu'on peut peindre, mais que certainement vous
ne connaissez pas, je vous le dirai. — Vous m'obli-
gerez, Monsieur, lui répondit messire Ermin, qui ne
s'attendait sans doute pas à une telle réponse. — Eh
bien ! reprit Boursier, faites-y peindre la libéralité. »

Ce mot, ce seul mot fit une telle impression sur
messire Ermin, et le rendit si honteux, qu'il prit
soudain la résolution de changer de système, et de
tenir une conduite différente de celle qu'il avait eue
jusqu'alors « Oui, monsieur, répondit-il un peu dé-
concerté ; oui, je ferai peindre la libéralité, et si
bien que ni vous, ni aucune autre personne, de
quelle qualité qu'elle puisse être, ne pourra désor-
mais me reprocher que je l'ai ni vue ni connue. »

En effet, messire Ermin changea tellement de conduite et de sentiments, qu'il fut, depuis ce jour-là,
le plus libéral et le plus honnête Génois de son temps,
et celui qui recevait le mieux les étrangers et ses
propres compatriotes.

LE ROI DE CHYPRE

Du temps du premier roi de Chypre qu'on avait
établi dans cette île, après que Godefroi de Bouillon

eut fait la conquête de la Terre Sainte, une dame de Gascogne alla, par dévotion, à Jérusalem, visiter le Saint-Sépulcre. A son retour, elle passa par Chypre, où elle fut indignement outragée par de mauvais garnements. Elle s'en plaignit au magistrat, et n'en ayant obtenu aucune sorte de satisfaction, elle résolut de s'en plaindre au roi lui-même. Quelqu'un lui dit qu'elle perdrait son temps et ses pas, parce que ce prince était si indolent et si peu craint, que non-seulement il ne réprimait point les insultes qu'on faisait à autrui, mais qu'il souffrait encore tranquillement celles qui lui étaient faites à lui-même, au point que lorsqu'on avait quelque mécontentement de sa part, on pouvait impunément décharger son cœur devant lui, de la manière la moins respectueuse et la moins mesurée.

Sur cet avis, la dame désespérant de tirer vengeance de l'outrage qu'elle avait essuyé, se proposa de dauber du moins l'indolence et la lâcheté du roi. Elle se présenta devant lui fondant en larmes : « Je ne viens pas, Sire, lui dit-elle, dans l'espérance d'être vengée des insultes que j'ai reçues de quelques-uns de vos sujets ; je viens seulement supplier Votre Majesté de m'apprendre comment elle fait pour pouvoir supporter les affronts et les injures qu'elle essuie tous les jours, à ce qu'on m'a assuré. Peut-être qu'à votre exemple, Sire, je pourrai souffrir patiemment l'outrage qui m'a été fait, et duquel je vous ferais bien volontiers le cadeau, s'il m'était possible, puisque vous avez une si belle patience. »

Le roi, qui jusqu'alors s'était montré insensible à tout, ne le fut point à ce discours ; et comme s'il fût sorti d'un profond sommeil, il s'arma de vigueur, commença par punir sévèrement ceux qui avaient offensé cette dame, et fut depuis très-exact à réprimer les attentats commis contre l'honneur de sa couronne.

LE MARIAGE IMPRÉVU

Il y eut autrefois, dans notre ville de Florence, un chevalier nommé messire Thébalde, qui, selon quelques-uns était de l'illustre maison des Lamberti, et, selon d'autres, de celle des Agolanti. Ces derniers n'appuient leur sentiment que sur le train qu'ont mené les enfants de Thébalde, et qui était exactement le même qu'ont toujours tenu et que tiennent encore les Agolanti. N'importe de quelle de ces deux maisons il sortait, je vous dirai seulement qu'il fut un des plus riches gentilshommes de son temps, et qu'il eut trois fils. Le premier s'appelait Lambert, le second Thébalde, comme lui, et le dernier Agolant; tous trois bien faits et de bonne mine. L'aîné n'avait pas encore accompli sa dix-huitième année lorsque le père mourut, les laissant héritiers de ses grands biens. Ces jeunes gens, se voyant très-riches en fonds de terre et en argent comptant, ne se gouvernèrent que par eux-mêmes, commencèrent par prodiguer leurs richesses en dépenses purement superflues. Grand nombre de domestiques, force chevaux de prix, belle meute, volières bien garnies, table ouverte et somptueuse; enfin, ils avaient en abondance, non-seulement ce qui convient à l'éclat d'une grande naissance, mais ils se procuraient à grands frais tout ce qui peut venir en fantaisie à des jeunes gens; c'étaient chaque jour nouveau présents, nouvelles fêtes, sans parler des tournois qu'ils donnaient de temps en temps. Un train de vie si fastueux devait diminuer bientôt les biens dont ils avaient hérité. Leurs revenus ne pouvant y suffire, il fallut engager les terres, puis les vendre insensiblement l'une après l'autre, pour satisfaire les créanciers. Enfin ils ne s'aperçurent de leur ruine que lorsqu'il ne leur restait presque plus rien. Alors la pauvreté leur ouvrit les yeux que la richesse leur avait fermés. Rentrés en eux-mêmes, ils reconnurent leur folie, mais il n'était plus temps.

Dans cette fâcheuse circonstance, Lambert prit ses deux frères en particulier ; il leur représenta la figure honorable que leur père avait faite dans le monde, la fortune immense qu'il leur avait laissée, et la misère où ils allaient se trouver réduits à cause de leurs folles dépenses et du peu d'ordre qu'ils avaient mis dans leur conduite. Il leur conseilla ensuite, du mieux qu'il lui fut possible, de vendre le peu qui restait des débris de leurs richesses, et de se retirer dans quelque pays étranger pour cacher aux yeux de leurs compatriotes leur misérable situation.

Ses frères s'étant rendus à ses représentations, ils sortirent tous trois de Florence, à petit bruit, et sans prendre congé de personne. Ils allèrent droit en Angleterre, sans s'arrêter nulle part. Arrivés à Londres, ils louent une petite maison, font peu de dépense, et s'avisent de prêter de l'argent à de gros intérêts. La fortune leur fut si favorable, qu'en peu d'années ils eurent amassé de grandes sommes, ce qui les mit à portée de faire alternativement, les uns les autres, plusieurs voyages à Florence, où, avec cet argent, ils achetèrent une grande partie de leurs anciens domaines et plusieurs autres terres. Étant enfin venus y fixer tout à fait leur séjour, ils s'y marièrent, après avoir toutefois laissé en Angleterre

un de leurs neveux, nommé Alexandre, pour y continuer le même commerce à leur profit.

Etablis à Florence, ils ne se souvinrent bientôt
plus de la pauvreté où leur faste les avait d'abord
réduits. La fureur de briller s'empara de chacun
d'eux, comme auparavant, et quoiqu'ils eussent
femmes et enfants, ils reprirent leur ancien train
de vie, sans s'inquiéter de rien. C'était tous les jours
de nouvelles dettes. Les fonds qu'Alexandre leur
envoyait ne servaient qu'à apaiser les créanciers.
Par ce moyen, ils se soutenaient encore ; mais cette
ressource devait bientôt leur manquer. Il est bon de
dire qu'Alexandre prêtait son argent aux barons et
aux gentilshommes, sur le revenu de leurs gouver-
nements militaires ou de leurs autres charges, ce qui
lui produisait un grand profit. Or, pendant que nos
trois étourdis, se reposant sur son commerce, s'en-
dettaient de plus en plus pour mener leur genre de
vie ordinaire, la guerre survint, contre toute apparence, entre le roi d'Angleterre et l'un de ses fils.
Cette guerre inattendue mit le désordre dans ce
royaume, les uns prenant parti pour le père, les autres pour le fils. Voilà le malheureux Alexandre
privé des revenus qu'il percevait sur les places fortes
et sur les châteaux où commandaient auparavant ses
débiteurs ; le voilà forcé de discontinuer son commerce, faute de fonds. Néanmoins l'espérance de
voir bientôt terminer cette guerre, et de pouvoir
toucher ensuite ce qui lui était dû, le retenait dans
le pays. Cependant les trois Florentins ne dimi-
nuaient rien de leurs dépenses ordinaires, et con-
tractaient tous les jours de nouvelles dettes. Mais
plusieurs années s'étant passées sans qu'on vît l'effet
des espérances qu'ils donnaient aux marchands, ils
perdirent non-seulement tout crédit, mais ils se

virent poursuivis et arrêtés par leurs créanciers. On vendit tout ce qu'ils possédaient ; et comme le produit ne put suffire à payer toutes leurs dettes, on les tint en prison pour le surplus. Leurs femmes et leurs enfants, réduits à la plus affreuse indigence, se retirèrent les uns d'un côté, les autres de l'autre.

Alexandre, qui s'impatientait depuis longtemps en Angleterre, dans l'espérance de récupérer ses fonds, voyant que la paix était non-seulement encore éloignée, mais qu'il courait risque de la vie, se détermina à revenir en Italie, et en prit le chemin. Il passa par les Pays-Bas. Comme il sortait de Bruges, il rencontra, presque aux portes de la ville, un jeune abbé en habit blanc, accompagné de plusieurs moines, avec un gros train et un gros bagage. A la suite étaient deux chevaliers qu'Alexandre avait connus à la cour de Londres, et qu'il savait être parents du roi. Il les aborde, et en est favorablement accueilli. Il leur demande, chemin faisant, et avec beaucoup de politesse, qui étaient ces moines qui marchaient devant avec un si gros train, et où ils allaient. Le jeune homme qui est à la tête de la cavalcade, répondit un des milords, est un de nos parents ; il vient d'être pourvu d'une des meilleures abbayes d'Angleterre. Comme il est trop jeune, suivant les canons de l'Église, pour remplir une telle dignité, nous le menons à Rome pour obtenir du pape une dispense d'âge, et la confirmation de son élection ; c'est de quoi nous vous prions de ne parler à personne.

Alexandre continua sa route avec eux. L'abbé, qui marchait tantôt devant, tantôt derrière, selon la coutume des grands seigneurs qui voyagent avec une suite, se trouve par hasard à côté du Florentin. Il l'examine, et voit un jeune homme bien tourné, de bonne mine, honnête, poli, agréable et charmant. Il

fut si enchanté de son air et de sa figure, qu'il l'engagea poliment à s'approcher davantage et à se tenir
à côté de lui. Il l'entretient de diverses choses, lui
parle bientôt avec une certaine familiarité, et tout
en causant, il lui demande qui il est, le pays d'où il
vient, et l'endroit où il va. Alexandre satisfit à toutes
ses questions; il ne lui laissa pas même ignorer l'état
de ses affaires, qu'il lui exposa avec une noble ingé-
nuité. Il termina son récit par lui offrir ses petits
services, en tout ce qui pourrait lui être agréable.
M. l'abbé fut ravi de sa manière de parler, facile et
gracieuse. Il trouva dans le son de sa voix je ne sais
quoi de doux qui allait au cœur. Sentant croître l'intérêt qu'il lui avait d'abord inspiré, il se mit à l'étu-
dier de plus près, et conclut, d'après ses observations,
qu'il devait être vraiment gentilhomme, malgré la
profession servile qu'il avait exercée à Londres. Il
fut touché de son infortune, et lui dit, pour le consoler, qu'il ne fallait désespérer de rien. Qui sait,
ajouta-t-il d'un ton qui annonçait le vif intérêt qu'il
prenait à son sort, qui sait si le ciel, qui n'abandonne
jamais les hommes de bien, ne vous réserve pas une
fortune égale à celle dont vous avez joui, et peut-être
plus considérable? Il finit par lui dire que puisqu'il
allait en Toscane, où il allait lui-même, il lui ferait
plaisir de demeurer en sa compagnie. Alexandre le
remercia de l'intérêt qu'il prenait à son infortune,
et l'assura qu'il était disposé à se conformer à ses
moindres désirs.

Pendant qu'ils voyagent ainsi de compagnie, le
jeune seigneur anglais paraissait quelquefois pensif
et rêveur. Le Florentin, qui lui devenait chaque jour
plus cher, donnait lieu à ses rêveries. Il en était tout
occupé, lorsque après plusieurs journées de marche,
ils arrivèrent à une petite ville, qui n'était rien moins

que bien pourvue d'auberges. On s'y arrêta cependant, par la raison que M. l'abbé était fatigué. Alexandre, qu'il avait chargé, dès le premier jour, du soin des logements, parce qu'il connaissait mieux le pays que pas un de sa suite, le fit descendre à une auberge dont l'hôte avait autrefois été son domestique ; il lui fit préparer sa meilleure chambre ; et, comme l'auberge était fort petite, il logea le reste de l'équipage dans différentes hôtelleries, du mieux qu'il lui fut possible.

Après que l'abbé eut soupé et que tout le monde se fut retiré, la nuit étant déjà fort avancée, Alexandre demande à l'hôte où il le coucherait. — En vérité, je n'en sais rien, lui répondit-il : Vous voyez, seigneur, que tout est si plein, que ma famille et moi sommes contraints de coucher sur le plancher. Il y a cependant dans la chambre de M. l'abbé un petit grenier où je puis vous mener ; nous tâcherons d'y placer un lit, et pour cette nuit vous y coucherez comme vous pourrez. — Comment veux-tu que j'aille dans la chambre de M. l'abbé puisqu'elle est si petite, qu'on n'a pu y placer aucun de ses moines ? — Il y a, vous dis-je, un réduit où il nous sera facile de placer un matelas. — Point d'humeur ; si je m'en fusse aperçu quand on a préparé la chambre, j'y aurais fait coucher quelque moine, et j'aurais réservé pour moi la chambre qu'il occupe. — Il n'est plus temps, reprit le maître du logis ; mais j'ose vous promettre que vous serez là le mieux du monde. M. l'abbé dort, les rideaux de son lit sont fermés ; j'y placerai tout doucement un matelas et un lit de plume, sur lequel vous dormirez à merveille. Le Florentin, voyant que la chose pouvait s'exécuter sans bruit et sans incommoder M. l'abbé, y consentit et s'y arrangea le plus doucement qu'il lui fut possible.

3

L'abbé, qui ne dormait point, mais qui était tout occupé des tendres impressions qu'Alexandre avait faites sur son esprit et sur son cœur, n'avait pas perdu un mot de sa conversation avec l'hôte, l'appela et lui dit : Je ne dois pas vous laisser ignorer plus longtemps que je suis fille, et que j'allais trouver le pape pour le prier de me donner un époux ; mais je ne vous ai pas plutôt vu l'autre jour, que, par un effet de mon malheur ou de votre bonne fortune, je me sentis éprise de vous. Mon amour s'est tellement fortifié, qu'il n'est pas possible d'aimer plus que je vous aime. C'est pourquoi j'ai formé le dessein de vous épouser de préférence à tout autre. Voyez si vous me voulez pour votre femme.

Quoique Alexandre ne connût pas assez bien la dame pour se déterminer si promptement, néanmoins comme il jugeait, par son grand train et par la qualité des gens qui l'accompagnaient, qu'elle devait être riche et de bonne maison, et d'ailleurs, la trouvant fort aimable et fort jolie, il lui répondit presque sans balancer qu'il était tout disposé à devenir son époux.

Alors la belle s'asseoit sur le lit, et, dans cette attitude, devant une image de Notre-Seigneur, elle met un anneau au doigt d'Alexandre en signe de leur foi. Puis, comme la nuit commençait à s'avancer, Alexandre se retira dans le petit réduit.

Ils continuèrent leur route et arrivèrent à Rome après plusieurs jours de marche. Quelques jours après, l'abbé, accompagné d'Alexandre et des deux milords, alla à l'audience du pape, et après lui avoir présenté les saluts accoutumés, il lui parla ainsi : Très-Saint Père, vous savez mieux que personne que pour vivre honnêtement il faut éviter avec soin les occasions qui peuvent nous conduire à faire précisément le con-

traire. Or, c'est ce qui m'a engagé à m'enfuir de chez
mon père, le roi d'Angleterre, avec une partie de ses
trésors, et à venir déguisée sous l'habit que je porte,
dans l'intention de recevoir un époux de la main de
Votre Sainteté. J'aurai l'honneur de vous dire que
mon père voulait me forcer d'épouser, jeune comme
je suis, le roi d'Écosse, prince courbé sous le poids
des années. Toutefois, ce n'est pas tant à cause de
son grand âge que je me suis déterminée à prendre
la fuite, que dans la crainte qu'après l'avoir épousé la
fragilité de ma jeunesse ne me fît tomber dans quelque égarement indigne de ma naissance et contraire
aux lois de la religion. Je n'avais pas encore fait la
moitié du chemin pour me rendre auprès de Votre
Sainteté, lorsque la Providence, qui seule connaît parfaitement les besoins de chacun de nous, m'a fait
rencontrer celui qu'elle me destinait pour mari. C'est
ce gentilhomme que vous voyez, ajouta-t-elle en
montrant Alexandre : il n'est pas de naissance royale
comme moi, mais son honnêteté et son mérite le
rendent digne des plus grandes princesses. Je l'ai
donc choisi pour mon époux, et n'en déplaise à tous
ceux qui pourraient m'en blâmer, je n'en aurai jamais
d'autre. J'aurais pu, sans doute, depuis que j'ai fait
ce choix, me dispenser de venir jusqu'ici ; mais,
Très-Saint Père, j'ai cru devoir achever mon voyage,
tant pour visiter les lieux saints de la capitale du
monde chrétien que pour vous rendre mes hommages, et
vous supplier de vouloir bien faire devant notaire un
contrat de mariage que ce gentilhomme et moi avons
juré devant Dieu. Je me flatte que Votre Sainteté ap-
prouvera une union qui était écrite dans le ciel, et de
laquelle j'attends mon bonheur. Nous vous demandons votre sainte bénédiction, que nous regarderons
comme un gage assuré de celle de Dieu, dont vous êtes
le digne vicaire.

Je vous laisse à penser quels durent être l'étonnement et la joie d'Alexandre quand il apprit que sa fiancée était fille du roi d'Angleterre. Sa surprise fut cependant moins grande que celle des deux milords. Ils eurent de la peine à retenir leur dépit, et auraient peut-être maltraité l'Italien et outragé la princesse, s'ils se fussent trouvés ailleurs qu'en la présence du souverain pontife. Le pape, de son côté, parut fort étonné de ce qu'il venait d'entendre, et trouva le choix de la dame non moins singulier que son déguisement; mais, ne pouvant empêcher ce qui était si fortement résolu, il consentit à ce qu'elle désirait; puis il consola les milords, leur fit faire la paix avec la dame et avec Alexandre, fixa le jour des noces, et donna ses ordres pour les préparatifs. La cérémonie fut magnifique; elle se fit en présence de tous les cardinaux et de plusieurs autres personnes de distinction. Le pape avait fait préparer un superbe festin. La dame y parut en habits royaux. Tout le monde la trouva charmante et la combla d'éloges. Alexandre en reçut aussi; il était richement vêtu, et avait un maintien si noble, qu'on l'aurait plutôt pris pour un prince que pour un homme qui avait prêté sur gages.

Quelque temps après, les nouveaux mariés partirent de Rome pour venir à Florence, où la renommée avait déjà porté la nouvelle de ce mariage. On les y reçut avec tous les honneurs imaginables. La dame paya les dettes des trois frères, qui sortirent de prison et rentrèrent dans la possession de tous leurs biens, qu'elle racheta. Elle alla ensuite en France avec son mari, emportant l'un et l'autre l'estime et les regrets de toute la ville de Florence. Ils amenèrent avec eux Agolant, un des oncles d'Alexandre. Arrivés à Paris, le roi de France les accueillit avec beaucoup de distinction. Les deux milords, qui ne les avaient point quittés jusqu'alors, partirent de là pour retourner en Angleterre. Ils firent si bien auprès du roi, qu'ils remirent sa fille dans ses bonnes grâces, et lui inspirèrent de l'estime et de l'amitié pour son gendre. Ce monarque les reçut depuis avec toutes les démonstrations de la joie la plus vive. Peu de temps après leur arrivée à la cour, il éleva son gendre aux plus hautes dignités, et lui donna le comté de Cornouailles. Alexandre devint si habile politique, qu'il parvint à raccommoder le fils avec le père, qui étaient encore en guerre. Il rendit par ce moyen un service important au royaume, et s'acquit l'amour et l'estime de la nation. Son oncle Agolant recouvra tout ce qui était dû à ses frères et à lui ; et, après que son neveu l'eut fait décorer de plusieurs dignités, il revint à Florence chargé de richesses.

Le comte de Cornouailles vécut toujours depuis en bonne intelligence avec la princesse sa femme. On assure même qu'après avoir beaucoup contribué par sa prudence et sa valeur à la conquête de l'Écosse, il en fut couronné roi.

LANDOLFE RUFFOLO

C'est une opinion généralement adoptée que le voisinage de la mer depuis Reggio jusqu'à Gaëte est la partie la plus gracieuse de l'Italie. C'est là, qu'assez près de Salerne, est une côte que les habitants appellent la côte de Malfi, couverte de petites villes, de jardins et de commerçants. La ville de Ravello est aujourd'hui la plus florissante. Il n'y a pas longtemps qu'il y avait dans celle-ci un nommé Landolfe Ruffolo, qui possédait des richesses immenses ; mais la cupidité peut-elle jamais être satisfaite ? Cet homme voulut augmenter encore sa fortune, et son ambition démesurée pensa lui coûter la perte de ses biens et celle de sa propre vie.

Après avoir donc mûrement réfléchi sur ses spéculations, selon la coutume des commerçants, Landolfe acheta un gros navire, et, l'ayant chargé pour son compte de diverses marchandises, il fit voile pour l'île de Chypre. Il y trouva tant de vaisseaux chargés des mêmes marchandises, qu'il se vit obligé non-seulement de vendre les siennes à bas prix, mais de les donner presque pour rien, afin de pouvoir s'en défaire. Vivement consterné d'une perte si considérable, qui l'avait ruiné en si peu de temps, il prit la résolution de mourir ou de se dédommager sur autrui de ce qu'il avait perdu, pour ne pas retourner en cet état dans sa patrie, d'où il était sorti si riche. Dans cette intention, il vendit son navire, et de cet argent, joint à celui qu'il avait retiré de ses marchandises, il acheta un vaisseau léger pour faire le métier de corsaire. Après l'avoir armé et très-bien équipé, il s'adonna tout entier à la piraterie, courut les mers, pilla de toutes mains, et s'attacha principalement à donner la chasse aux Turcs. La fortune lui fut plus favorable dans cet état qu'elle ne lui avait été dans le commerce. Il fit un si grand nombre de captures sur les Turcs, que, dans l'espace d'un an, il recouvra non-seulement ce qu'il avait perdu en marchandises, mais il se trouva deux fois plus riche qu'auparavant. Jugeant donc qu'il avait assez de bien pour vivre agréablement sans s'exposer à un nouveau revers de la fortune, il borna là son ambition, et résolut de s'en retourner dans sa patrie avec le butin qu'il avait fait. Le souvenir de son peu de succès dans le commerce lui donnant lieu de craindre de nouveaux revers, il ne se soucia guère de faire de nouvelles tentatives de ce côté-là.

Il partit donc, et fit voile vers Ravello avec ce même vaisseau léger qui lui avait servi à acquérir tant de richesses ; mais à peine fut-il en pleine mer, qu'il s'éleva, pendant la nuit, un vent des plus violents. Il agita et souleva les flots avec tant de fureur, que Landolfe, voyant que sa petite frégate ne pourrait longtemps résister à l'impétuosité des vagues, prit le parti de se réfugier promptement dans un petit port formé par une île qui le défendait de ce vent.

Bientôt après, deux grandes caraques génoises qui venaient de Constantinople entrèrent dans ce même port pour se mettre à l'abri de l'ouragan. Les Génois, ayant appris que le petit vaisseau appartenait à Landolfe, qu'ils savaient par la voie publique être très-riche, et étant naturellement passionnés pour l'argent et avides du bien d'autrui, conçurent le projet de s'en rendre les maîtres. Ils lui fermèrent d'abord le passage ; puis ils mirent à terre une partie de leurs gens, munis d'arbalètes et bien armés, qui se postèrent en un lieu d'où ils pouvaient aisément accabler de traits quiconque aurait osé sortir du vaisseau. Après cela, le reste de l'équipage, étant entré dans les chaloupes, s'approcha à force de rames et à la faveur du vent, et s'empara du petit vaisseau de Landolfe sans coup férir et sans perdre un seul homme. Les honnêtes Génois firent monter le Ravelin sur une de leurs caraques, et, après avoir pris tout ce qui était dans son vaisseau, ils le firent couler à fond. Le malheureux Landolfe fut mis à fond de cale, et on ne lui laissa pour tout vêtement qu'un fort mauvais haillon. Le lendemain le vent changea ; les Génois firent voile vers le Ponant, et voguèrent heureusement pendant tout le jour. Mais à l'entrée de la nuit il s'éleva un vent impétueux qui, faisant enfler la mer, sépara bientôt les deux caraques. Celle qui portait l'infortuné citoyen de Ravello fut jetée avec violence au-dessus de l'île de Céphalonie, sur des rochers où elle s'ouvrit et se brisa comme un verre. La mer fut un instant couverte de marchandises, de caisses et des débris du navire. Tous les gens de l'équipage qui savaient nager, luttant au milieu des ténèbres contre les vagues agitées, s'attachaient à tout ce que le hasard leur présentait pour tâcher de se sauver. Le malheureux Landolfe, à qui la perte de tout ce qu'il possédait avait fait souhaiter la mort le jour précédent, en eut une peur effroyable lorsqu'il la vit si proche. Par bonheur, il rencontra un ais et s'en saisit, espérant que Dieu voudrait bien lui envoyer quelque secours pour le retirer du danger. Il s'y plaça le mieux qu'il lui fut possible et ne laissa pas d'être le jouet des vents et des flots, tantôt poussé d'un côté, tantôt d'un autre. Il s'y soutint cependant jusqu'à ce que le jour parût. A la faveur de la clarté naissante, il veut regarder autour de lui, et ne voit que mer, que nuages, et une petite caisse, laquelle, flottant au gré des eaux, s'approchait quelquefois de si près, qu'il craignait qu'elle ne le blessât; c'est pourquoi, quand elle s'approchait de trop près, il se servait du peu de forces qui lui restaient pour la repousser. Pendant qu'il luttait ainsi contre la caisse qui le suivait, il s'éleva dans les airs un tourbillon furieux qui, en redoublant l'agitation des vagues, poussa la caisse contre la planche. Landolfe, renversé et forcé de lâcher prise, fut précipité sous les flots. Revenu sur l'eau, et nageant plus de peur que de force, il vit l'ais fort loin de lui. Désespérant de pouvoir l'atteindre, il nagea vers la caisse, qui était beaucoup plus proche, et s'y cramponna du

mieux qu'il put. Il s'étendit sur le couvercle, et se
servit de ses bras pour la conduire. Toujours en butte
au choc des vagues, qui le jetaient de côté et d'autre,
ne prenant, comme on peut se l'imaginer, aucune
nourriture, et buvant de temps en temps plus qu'il
n'eût voulu, il passa le jour et la nuit suivante dans
cet état, sans savoir s'il était près de terre, et ne
voyant que le ciel et l'eau.

Le lendemain, poussé par la violence des vents ou
par la volonté suprême de Dieu, Landolfe, dont le
corps était devenu comme une éponge, accroché par
ses mains à la caisse, de la même manière que ceux
qui sont sur le point de se noyer, aborda à l'île de
Gulfe. Une pauvre femme écurait alors sur le rivage
sa vaisselle avec du sable. A peine eut-elle aperçu le
naufragé, que, ne reconnaissant en lui aucune forme
humaine, elle fut saisie de frayeur, et recula en poussant de grands cris. Landolfe était si épuisé qu'il
n'eut pas la force de lui dire un mot; à peine la
voyait-il. Cependant, les flots le poussant de plus en
plus vers la rive, la femme distingua la forme de la
caisse. Elle regarde alors plus attentivement, et
s'approchant davantage, elle aperçoit des bras éten-
dus sur la caisse; elle distingue un visage, et voit
enfin que c'est un homme. Touchée de compassion,
elle entre au bord de la mer qui était tranquille, elle
prend Landolfe par les cheveux, et vient à bout de
l'entraîner, avec la caisse, sur le rivage. Elle lui détache les mains fortement accrochées à la caisse,
qu'elle met sur la tête d'une fille qui était avec elle;
et, prenant ensuite Landolfe sur son dos, comme
s'il eût été un enfant, elle le porte à la ville, le met
dans une étuve, et, à force de le frotter, de le laver
avec de l'eau chaude, elle fit revenir la chaleur, et
parvint à lui rendre une partie de ses forces. Lorsque

la bonne femme comprit qu'il était temps de le sortir
de l'étuve, elle l'en retira, et acheva de le reconfor-
ter avec de bon vin et quelques confitures. En un
mot, elle le traita si bien, qu'il revint en son état
naturel, et connut enfin où il en était. Elle crut alors
devoir lui remettre sa caisse, et l'exhorta du mieux
qu'elle put à oublier son infortune, ce qu'il fit.

Quoique Landolfe ne songeât plus à la caisse, il la
prit toutefois, jugeant que, pour peu qu'elle valût,
il en retirerait de quoi se nourrir pendant quelques
jours ; mais, la trouvant fort légère, il eut peu d'espérance. Cependant, impatient de savoir ce qu'elle
renfermait, il l'ouvrit de force, pendant que la femme
était hors du logis, et y trouva quantité de pierres
précieuses, dont une partie, mise en œuvre, était richement travaillée. Comme il se connaissait en pierreries, il vit qu'elles étaient d'un très-grand prix,
loua Dieu de ne l'avoir point abandonné, et reprit
entièrement courage. Mais, pour éviter un troisième
revers de fortune, il pensa qu'il fallait user de finesse
pour conduire heureusement ces bijoux jusqu'à sa
maison ; c'est pourquoi il les enveloppa, le mieux
qu'il put, dans de vieux linges, et dit à la bonne femme
que, n'ayant pas besoin de la caisse, elle pouvait la
garder, pourvu qu'elle lui donnât un sac en échange,
ce qu'elle fit très-obligeamment. Après l'avoir remer-
ciée du service signalé qu'elle lui avait rendu, il mit
son sac sur son cou, et partit. Il monta dans une barque qui le passa à Brindes. De là il se rendit à Trany,
où il rencontra plusieurs de ses compatriotes. C'é-
taient des marchands de soie, qui, après avoir entendu
le récit de ses aventures, à l'article de la cassette
près, que Landolfe crut devoir passer sous silence,
ils le firent habiller par charité. Ils lui prêtèrent même
un cheval, et lui procurèrent compagnie pour aller

à Ravello, où il avait dit qu'il voulait retourner.

De retour dans sa patrie, et se trouvant, grâce au ciel, en lieu de sûreté, il n'eut rien de plus pressé que de visiter son sac. Il examina avec loisir les pierreries, parmi lesqu'elles il vit beaucoup de diamants; de sorte qu'en vendant tous ces bijoux à un prix raisonnable, il allait être du double plus riche que quand il sortit de sa patrie. Quand il s'en fut défait, il envoya une bonne somme d'argent à la femme de Gulfe qui l'avait retiré de l'eau. Il récompensa également les marchands qui l'avaient secouru à Trany, et il passa le reste de ses jours dans une honnête aisance dont il sut se faire honneur.

LES ENFANTS PERDUS

Vous n'ignorez pas qu'après la mort de Fréderic II, empereur, Mainfroi fut couronné roi de Sicile. Ce prince avait auprès de lui un gentilhomme napolitain, nommé Henri Capèce, qui jouissait d'une grande fortune et d'un très-grand crédit. Il avait le gouvernement du royaume de Sicile, et était marié à Britolle Caracciola, dame de qualité, et Napolitaine comme lui. Dans le temps qu'il était encore gouverneur de Sicile, Charles Ier ayant gagné la bataille de Bénévent, où Mainfroi perdit la vie, il eut la douleur de voir les Siciliens se déclarer pour le vainqueur. Ne pouvant plus dès lors compter sur leur attachement et leur fidélité, et ne voulant point devenir sujet de l'ennemi de son souverain, il se disposa à prendre la fuite; mais les Siciliens, ayant eu vent de son projet,

le livrèrent au roi Charles avec plusieurs autres zélés
serviteurs de Mainfroi.

Quand Charles eut pris possession du royaume de
Sicile, Britolle, à la vue d'un changement si subit et
si étonnant, ne sachant quel sort on avait fait subir
à son mari, et craignant d'en éprouver un pareil dans
le cas qu'on l'eût fait mourir, crut devoir sacrifier
ses biens à sa propre sûreté ; et, quoique enceinte,
elle s'embarqua dans un vaisseau qui allait à Lipari,
accompagnée seulement de son fils âgé tout au plus
de huit ans, et qui portait le nom de Geoffroi. Elle
arriva heureusement dans cette ville, où elle accou-
cha d'un autre fils qu'elle nomma le Fugitif. Elle y
prit une nourrice, et s'embarqua ainsi que cette nourrice et ses deux enfants pour se rendre à Naples, chez
ses parents ; mais le ciel traversa son projet. Une vio-
lente tempête jeta la galère qui la portait sur la côte
de l'île de Pouza, où l'on relacha dans un petit port
pour attendre les vents favorables. Étant descendue
à terre, à l'exemple du reste de l'équipage, et ayant
trouvé dans l'île une petite solitude, elle commença
à gémir sur le sort de son mari. Elle se dérobait tous
les jours aux yeux des matelots et des passagers pour
aller dans ce lieu solitaire donner un libre cours à sa
douleur. Un jour, pendant qu'elle y faisait ses do-
léances ordinaires, arrive tout à coup un corsaire qui
s'empare sans coup férir de sa galère, et l'emmène
avec tous ceux qui la montaient.

Madame Britolle, ayant donné à ses plaintes et à ses
gémissements le temps qu'elle leur consacrait jour-
nellement, reprit le chemin du rivage pour revoir
ses enfants. Quelle fut sa surprise de n'y retrouver
personne ! Soupçonnant aussitôt ce qui était arrivé,
elle porte ses regards de tous côtés sur la mer, et
voit, à une distance peu éloignée, le vaisseau du cor-

saire suivi de la petite galère qu'il venait d'enlever.
Britolle ne douta plus qu'elle n'eût perdu pour jamais
ses chers enfants, comme elle avait perdu son mari.
Quelle douleur ! Seule, abandonnée, ne sachant que
devenir, appelant d'une voix presque éteinte, tantôt
ses fils, tantôt leur père, elle tombe évanouie sur le
rivage, et, comme il n'y avait là personne pour la secourir, elle demeura longtemps sans connaissance et
sans sentiment : revenue à elle-même, des larmes
abondantes coulèrent de ses yeux. Elle se lève, et,
dans le trouble que lui cause sa douleur, elle court
de caverne en caverne, et par des cris entremêlés de
sanglots appelle ses chers enfants comme si elle eût
eu quelque espérance de les retrouver. S'apercevant
de l'inutilité de ses plaintes, et l'horreur de l'obscu-
rité qui commençait à se répandre sur l'horizon la
forçant de songer à elle-même, elle prit le parti de
se retirer dans la petite caverne où elle avait accoutumé d'aller gémir sur son infortune. Elle y passa la
nuit dans des agitations d'autant plus douloureuses
qu'une frayeur continuelle s'était jointe à son affliction. Le jour venu, n'ayant pris aucune nourriture
depuis plus de vingt-quatre heures, elle se sentit si
fort pressée de la faim, qu'elle se détermina à manger
de l'herbe plutôt que de se laisser mourir. Après
s'être substantée comme elle put, elle se mit à pleurer de nouveau, songeant au cruel avenir qui la menaçait. Tandis qu'elle était livrée à ces tristes réflexions, elle voit une chèvre entrer dans une caverne
voisine de la sienne et en sortir quelques instants
après pour retourner dans les bois. Elle se lève et va
dans l'endroit d'où la chèvre venait de sortir ; elle y
trouva deux petits chevreuils nés le même jour.

Ces deux petits animaux s'habituèrent bien vite à
ses caresses ; ils devinrent pour cette dame infortunée

4

une espèce de compagnie et un soulagement à ses
malheurs. Elle ne les quittait que pour aller paître
l'herbe comme leur mère ou pour se désaltérer au
bord d'un ruisseau. Privée de tout secours humain et
de l'espoir de sortir d'un lieu si désert, elle résolut
d'y vivre et d'y mourir, pleurant néanmoins à chau-
des larmes toutes les fois que le souvenir de son mari,
de ses enfants et de son ancien état se retraçait à son
esprit. Sa manière de vivre et le séjour qu'elle fit
dans un lieu si sauvage la rendirent sauvage elle-
même. Le moyen de ne pas le devenir quand ou n'a
de société qu'avec des animaux farouches ?

Madame Britolle avait déjà passé plusieurs mois
dans cette île, lorsque le hasard attira dans le petit
port où elle avait débarqué un vaisseau de Pise, qui
y jeta l'ancre et y demeura plusieurs jours. Sur ce
navire était un gentilhomme nommé Conrad, marquis de Malespini, qui avait avec lui son épouse,
femme d'une vertu et d'une dévotion exemplaires :
ces époux venaient de visiter tous les lieux saints du
royaume de la Pouille, et s'en retournaient chez eux.
Un jour, pour se distraire, accompagnés de quelques
domestiques et suivis de leurs chiens, ils allèrent se
promener dans l'île, non loin de la grotte que madame Britolle avait choisie pour sa demeure ordinaire. Les chiens ayant aperçu les deux chevreuils,
devenus assez forts pour aller paître seuls dans les
bois, coururent aussitôt après eux. Ceux-ci prirent
la fuite et se réfugièrent incontinent dans la caverne
de l'infortunée Britolle, où les chiens les poursui-
virent. A cette vue, madame Britolle prend un bâton
pour les chasser. Pendant qu'elle est occupée à les
mettre en fuite, messire Conrad et sa femme, qui sui-
vaient les chiens, arrivèrent près de la grotte. Je vous
laisse à penser quel fut leur étonnement quand ils

virent cette femme qui était devenue noire et maigre. Britolle, de son côté, éprouva une surprise pour le moins aussi grande. Le gentilhomme fait taire et retirer ses chiens ; il s'approche de cette femme, et la prie instamment de lui dire qui elle est et ce qu'elle fait dans un lieu si désert. Elle ne se fit pas prier longtemps pour satisfaire sa curiosité et celle de son épouse qui venait de lui faire les mêmes questions. Elle leur déclara ingénûment son nom, sa qualité, et leur raconta toutes ses infortunes.

Le marquis, qui avait connu particulièrement son mari, fut vivement touché de ce récit ; il n'oublia rien pour lui faire abandonner la résolution qu'elle avait prise de finir ses jours dans ce désert. Il s'offrit de la ramener chez ses parents ou de la garder chez lui jusqu'à ce que le sort lui fût plus favorable, en lui promettant de la traiter comme sa propre sœur. Mais voyant qu'elle ne se rendait point à ses instances, il la laissa avec sa femme, persuadé qu'elle pourrait la déterminer plus facilement à accepter ses offres ; en attendant, il donna des ordres pour qu'on lui apportât des habits et de quoi manger.

La femme du marquis, restée seule avec elle, se conduisit au mieux. Elle commença d'abord à partager sa douleur ; bientôt après elle se mit à pleurer avec elle sur ses malheurs ; puis elle l'engagea, mais ce ne fut pas sans peine, à manger et à s'habiller. Enfin, quoique cette infortunée protestât qu'elle n'irait jamais en lieu où elle fût connue, la marquise fit si bien, par ses tendres sollicitations et ses vives instances, qu'elle la détermina à partir avec elle pour Lunigiane, en lui promettant d'emmener, si elle le voulait, les deux chevreuils et leur mère. Comme on ignorait dans le vaisseau le nom de madame Britolle, l'équipage lui donna celui de Chevreuille. Leur navigation fut des plus heureuses. Il leur fallut peu de temps pour arriver à l'embouchure de la rivière de la Maigre, où ils débarquèrent. De là ils se rendirent au château du marquis, qui en était peu éloigné. On convint que, pour mieux déguiser madame Britolle, elle prendrait un habit de deuil et qu'elle passerait pour être attachée à la marquise en qualité de demoiselle de compagnie. Elle joua au mieux ce nouveau personnage, conservant toutefois pour ses chevreuils la même affection, et prenant grand soin de les bien nourrir.

Cependant, les corsaires qui s'étaient emparés, à Pouza, du vaisseau qui avait conduit madame Britolle à cette île, étaient déjà arrivés à Gênes avec tout ce qu'ils avaient pris. La nourrice et les deux enfants échurent en partage à un nommé Gasparin d'Oria, qui les envoya à sa maison pour s'en servir comme d'esclaves. La nourrice, affligée plus qu'on ne saurait le dire de la perte de sa maîtresse et de l'état misérable où elle se voyait réduite avec les deux enfants, ne cessait de gémir et de verser des pleurs sur sa déplorable destinée. Mais, voyant que les larmes ne remédiaient à rien et que ses gémissements ne la tireraient point d'esclavage, elle prit enfin son parti et se consola du mieux qu'elle put. Quoique née et élevée dans l'obscure pauvreté, elle ne manquait pas d'esprit et était douée d'un excellent jugement : elle comprit d'abord que si les enfants étaient connus on pourrait leur faire un mauvais parti. Espérant donc que le temps ferait changer les choses et que ces malheureux orphelins pourraient rentrer dans leur premier état, elle résolut de ne déclarer à personne qui ils étaient, à moins qu'elle n'y vît un grand avantage pour eux. Ainsi, quand on l'interrogeait sur leur compte, elle répondait qu'ils étaient ses enfants. Elle n'appelait plus l'aîné par le nom de Geoffroi, mais par celui de Jeannot de Procida. Quant à son petit frère, elle se mit fort peu en peine de lui en donner un autre que celui qu'il portait. Elle eut la précaution de communiquer à Geoffroi les raisons qui l'avaient engagée à le faire changer de nom. Elle lui représenta, non une seule fois, mais presque à tous les instants, le danger auquel il serait exposé, si malheureusement on parvenait à découvrir qui il était. L'enfant, qui n'était pas mal avisé pour son âge, approuva la conduite de la sage nourrice et s'y conforma parfaitement.

Les deux jeunes esclaves demeurèrent longtemps dans la maison de Gasparin d'Oria, très-mal vêtus, occupés aux plus vils emplois, aussi bien que la nourrice qui leur donnait en tout l'exemple de la patience. Après avoir atteint sa seizième année, Jeannot qui, malgré l'esclavage, avait conservé un cœur digne de sa naissance, ne pouvant plus soutenir une condition si dure et si vile, s'évada de chez Gasparin, monta sur des galères qui partaient pour Alexandrie et parcourut plusieurs pays sans cependant trouver moyen de s'avancer. Au bout de trois ou quatre ans de courses et de travaux, qui n'avaient pas peu contribué à former son corps et à mûrir sa raison, il apprit que son père vivait encore, mais que le roi Charles le retenait en prison. Désespérant de faire changer la fortune, il erra encore çà et là, jusqu'à ce que le hasard l'ayant amené dans le territoire de Lunigiane, il alla offrir ses services au marquis de Malespini, qui gardait sa mère chez lui. Comme Jeannot était devenu bel homme et qu'il avait fort bonne mine, ce seigneur l'accepta pour domestique et fut on ne peut plus satisfait de sa manière de le servir. L'âge et les chagrins avaient fait un si grand changement sur la mère et le fils, qu'encore qu'ils se vissent quelquefois, ils ne se reconnurent ni l'un ni l'autre.

Le marquis avait une fille bien faite et jolie, nommée de l'Epine. A sa dix-septième année, il l'avait donnée en mariage à messire Nicolas de Grignan, et comme elle se trouva veuve presque aussitôt que mariée, elle était retournée chez son père peu de jours avant que Jeannot entrât à son service. La figure et les manières de ce jeune homme lui plurent si fort, qu'elle ne put se défendre de l'aimer. Sa beauté ayant fait les mêmes impressions sur le cœur de Jeannot, ils ne tardèrent pas à s'avouer l'un à l'autre leur amour. Un jour, étant sortis avec le reste de la famille pour se promener dans les bosquets voisins du château, ils trouvèrent moyen de se détacher du reste de la compagnie et d'entrer les premiers dans le bois. Croyant avoir laissé bien loin leurs compagnons de promenade, ils se firent pour la centième fois des serments d'amour et de fidélité, et comme gage de la sincérité de ce qu'ils avançaient, ils se donnèrent mutuellement un baiser. Ils furent surpris, d'abord par la marquise, à qui l'indignation arracha un cri ; puis par le marquis, qui, outré de la conduite de sa fille et de la perfidie de son domestique, les fit lier tous deux par ses gens et conduire dans les prisons du château. N'écoutant que la colère et la fureur dont il était agité, il était déterminé à les faire mourir ignominieusement, et aurait peut-être exécuté sa résolution si sa femme, qui avait pénétré son dessein, ne l'en eût détourné. Quoiqu'elle jugeât sa fille digne d'une punition très-rigoureuse, l'idée de cette mort la faisait frémir. Elle mit tout en œuvre pour fléchir son mari ; elle le conjura de ne pas se livrer en furieux aux premiers mouvements de son cœur irrité, et lui représenta combien il serait odieux de devenir,

dans sa vieillesse, le bourreau de sa fille et de trem-
per ses mains dans le sang d'un de ses esclaves.
Qu'est-il besoin, ajouta-t-elle, de vous rendre homi-
cide pour satisfaire votre juste ressentiment ? N'avez-
vous pas d'autres moyens pour punir les coupables ?
Enfin, elle lui parla d'une manière si persuasive qu'elle
lui fit abandonner le projet de les punir de mort. Il
se contenta de les condamner à une prison perpétuelle,
où ils furent gardés séparément et où ils n'avaient de
nourriture qu'autant qu'il leur en fallait pour les empêcher de mourir et pour leur donner le temps de
pleurer leur faute. On imagine aisément les tourments
qu'ils éprouvèrent en se voyant ainsi séparés l'un de
l'autre, sans avoir seulement la triste consolation de
pouvoir s'écrire. Que de soupirs, que de larmes !

Ces amants infortunés avaient passé plus d'un an
dans leur prison, et le marquis ne songeait plus à
eux, lorsque Pierre d'Aragon parvint, par les me-
nées de Jean de Procida, à soulever la Sicile et à
l'enlever au roi Charles. A la nouvelle de cet événement, le marquis de Malespini, attaché au parti gi-
belin témoigna la plus grande joie, et, voulant que
toute sa maison y participât, il donna une grande
fête à cette occasion, et il y eut des réjouissances
magnifiques dans le château. Jeannot, instruit de la
cause de ces divertissements, par un des gardiens :
Que je suis malheureux ! s'écria-t-il aussitôt en poussant un profond soupir ; j'ai couru le monde pendant
plus de quatorze ans, presque toujours en mendiant
mon pain, pour attendre une pareille révolution ; et,
aujourd'hui qu'elle est arrivée, je me trouve en prison, sans espérance d'en pouvoir jamais sortir !

—Quel intérêt, lui dit le garde, peux-tu prendre aux
démêlés du roi ? Aurais-tu des prétentions sur la Sicile ? ajouta-t-il, pour le plaisanter.

—Mon cœur se fend, reprit Jeannot, au seul souvenir du poste que mon père y occupait. Quoique je
fusse fort jeune quand je fus contraint d'en sortir, je
me souviens on ne peut mieux que je l'en ai vu gouverneur, du vivant du roi Mainfroi.—Et qui était ton
père? — Puisque à présent je puis le déclarer sans
avoir rien à craindre, dit le prisonnier, tu sauras que
mon père se nommait et se nomme encore, s'il est
vivant, Henri Capèce, et que mon nom véritable à
moi, n'est pas Jeannot, mais Geoffroi Capèce. Que
n'ai-je ma liberté! je suis sûr que si je retournais en
Sicile, j'y jouirais d'un grand crédit.

Le garde ne poussa pas plus loin ses questions;
mais il n'eut rien de plus pressé que d'aller rappor-
ter cette conversation au seigneur du château. Celui-
ci parut faire peu de cas de ce qu'il venait d'entendre; il crut cependant devoir s'en éclaircir avec
madame Britolle ; il lui demanda si un de ses enfants
s'appelait Geoffroi.—C'est le nom, répondit-elle, que
portait mon fils aîné; et il aurait à présent vingt-
deux ans s'il vivait encore, ajouta-t-elle en pleurant.

Le marquis, à demi-persuadé que son prisonnier
était cet enfant qu'on croyait mort et perdu pour
toujours, fut ravi au fond de l'âme de n'avoir fait
mourir personne, il se flattait déjà de pouvoir tout
réparer. Pour faire les choses plus sûrement, il ne
précipita rien ; il fit venir le prisonnier, lui parla en
secret et l'interrogea sur sa vie passée. Les réponses
du jeune homme achevèrent de le convaincre qu'il
était véritablement le fils de Britolle. — Jeannot, lui
dit-il alors, tu dois sentir combien est grand l'outrage que tu m'as fait dans la personne de ma fille. Je
te traitais avec douceur, avec amitié ; et loin d'être
un serviteur soumis et fidèle, tu m'as payé de la plus
noire ingratitude. Avoue que, si tu eusses commis à

l'égard de tout autre un pareil attentat, la mort aurait été inévitablement ton partage ; pour moi je
n'ai pu me résoudre à te punir si sévèrement, et je
m'en applaudis : il ne tiendra même qu'à toi de voir
finir tes peines, et de sortir de captivité ; puisque
tu dis être fils d'un gentilhomme et d'une femme de
qualité, il ne s'agit que de réparer ta faute. Tu as eu
de l'amour pour ma fille, elle en a eu pour toi ; tu sais
qu'elle devint veuve peu de jours après avoir fait un
grand mariage ; tu n'ignores pas quel est son caractère, sa fortune, quels sont ses parents : à l'égard des
tiens, je n'en dis rien pour le moment. Eh bien ! je
consens que tu l'épouses, il vous sera même libre à
tous deux d'habiter dans ma maison autant de temps
qu'il vous plaira, et je m'engage à vous y traiter
comme mes enfants.

Le chagrin et la prison avaient défiguré Jeannot
au point qu'il était méconnaissable ; mais ils n'a-
vaient pu altérer ses sentiments nobles et fiers dignes de sa naissance, ni rien diminuer de l'amour
qu'il avait pour l'Épine. Il désirait avec ardeur le
mariage que le seigneur Conrad lui offrait. Cependant, pour ne pas lui laisser croire qu'il l'acceptait
par crainte, il n'oublia rien de ce que son grand
cœur était capable de lui suggérer dans cette occasion. — Si je vous ai offensé, monsieur, lui dit-il,
entre autres choses, ce n'a été par aucune lâcheté.
Oui, j'ai aimé, j'aime encore madame votre fille, et je
l'aimerai toujours, parce que je l'ai jugée digne de
mon amour. Depuis le premier jour que j'ai vu
Mme l'Épine, l'union que vous m'offrez aujourd'hui
n'a pas cessé de faire l'objet de mon ambition, et il
y a longtemps que je vous en aurais fait moi-même
la proposition, si je n'avais craint de vous déplaire
et d'être refusé. Mais si, par hasard, vos discour

n'étaient qu'une raillerie, si votre cœur dément ce que m'annonce votre bouche, finissez, de grâce, ce cruel badinage, et cessez de me flatter d'une vaine espérance. Je suis prêt à rentrer dans ma prison, et de souffrir patiemment les maux qui me sont réservés. Mais, quelque tourment que vous me fassiez essuyer, je vous déclare que je ne cesserai point d'aimer madame votre fille, ni d'avoir pour vous, à sa considération, tout le respect, toute la soumission que vous pouvez désirer. »

Ces paroles, prononcées d'un ton noble et décidé, frappèrent d'aise et d'étonnement le seigneur Conrad. Il vit alors par lui-même que ce jeune homme avait de l'âme et des sentiments, et que son amour pour sa fille était vraiment sincère. Il se leva aussitôt pour l'embrasser, et, après lui avoir donné plusieurs marques de satisfaction, il commanda qu'on lui amenât sa fille. Elle était devenue maigre, pâle, et tout aussi méconnaissable que le compagnon de son infortune. Là, en la seule présence du marquis, les deux amants, touchés jusqu'aux larmes du plaisir de se revoir, s'embrassèrent tendrement et se promirent une foi inviolable. Le contrat de mariage fut fait et signé le même jour avec beaucoup de secret. Conrad mit tous ses soins pour faire oublier aux nouveaux époux les mauvais traitements qu'il leur avait fait essuyer. Il leur procura tout ce qui pouvait leur être nécessaire et leur faire plaisir sans s'en ouvrir à sa femme. Quelques jours après, jugeant qu'il était temps d'apprendre cette agréable nouvelle à Mme Britolle, il profita d'une occasion où elle était rêveuse pour la tirer de sa rêverie par ce discours : —Que diriez-vous, madame, si je vous faisais voir votre fils aîné marié à l'une de mes filles ? — Je ne vous dirais autre chose, sinon que mon attachement et ma reconnaissance pour

vous redoubleraient, s'il était possible, d'autant plus
que vous me rendriez un bien qui m'est plus cher
que ma propre vie ; et, me le rendant de la manière
que vous le dites, vous ressusciterez en quelque façon mes espérances! Les larmes, qui vinrent en abondance, ne lui permirent pas d'en dire davantage.— Et
toi, ma bonne amie, dit-il à sa femme, que dirais-tu
si je te donnais un tel gendre? Non-seulement un des
enfants de madame, qui sont gentilshommes, mais
même tout autre me serait fort agréable, répondit la
mère. — Eh bien, reprit Conrad, je me flatte de vous
rendre bientôt satisfaites l'une et l'autre.

Il alla ensuite trouver les jeunes époux qui n'é-
taient plus en prison, mais qui se tenaient cachés,
depuis leur mariage, dans un appartement séparé.
Ils avaient déjà repris leur fraîcheur et leur embon-
point, et étaient l'un et l'autre superbement habillés.
— Quel plaisir serait comparable au tien, qui est déjà
si grand, dit-il à son gendre, si tu revoyais ici ta
mère? — Je ne puis croire, répondit Geoffroi, qu'elle
ait pu survivre à ses malheurs. Si toutefois elle est
encore en vie, le plaisir que j'aurais de la revoir ne
pourrait s'exprimer. Je ne doute pas que par ses in-
dices et ses conseils il ne me fût possible de recouvrer une partie de mes biens en Sicile.

Le marquis fit venir alors les deux mères. Je vous
laisse à penser quelle dut être leur surprise. Elles firent
compliment à la nouvelle mariée de ce que Conrad
avait enfin pris pitié de son sort et avait porté la
bonté jusqu'à la marier à Jeannot. Mme Britolle, toute
préoccupée de l'espérance que le marquis lui avait
donnée, fixa attentivement ses regards sur le jeune
époux, et, démêlant sur son visage les mêmes traits
qu'avait son fils dans son enfance, elle lui sauta au
cou sans autre explication. L'excès de son amour ne

lui permit pas de proférer une parole; ses forces
même l'abandonnèrent, et elle tomba évanouie dans
les bras de son fils. Geoffroi, averti par je ne sais
quel mouvement secret, la reconnut aussitôt pour sa
mère; et, transporté de joie et de tendresse, il répondit à ses caresses par d'autres non moins touchantes.
Il ne se lassait point de la couvrir de baisers, et on
eut de la peine à l'arracher de ses bras pour la faire
revenir de son évanouissement. A peine cette tendre mère eut-elle repris ses sens, par le secours de
la marquise et de sa fille, qu'elle se jeta de nouveau
au cou de son fils. Elle lui dit les choses du monde
les plus affectueuses, et tous ses discours étaient entremêlés de baisers et de larmes. Son fils, au comble
de la joie et de l'attendrissement, lui témoignait de
son côté le respect le plus tendre et la reconnaissance
la plus vive. Le marquis fit savoir à ses parents et
à ses amis le mariage de sa fille. Tout le monde le
félicita de la nouvelle alliance qu'il venait de contrac-
ter, et il donna, pour la célébrer, une fête des plus
brillantes.

Geoffroi choisit ce moment pour prier son beau-
père de deux choses. Vous m'avez comblé de bienfaits, lui dit-il; ma mère ne vous a pas moins d'obli-
gation, puisque vous l'avez recueillie dans votre
maison, où vous n'avez cessé de la traiter avec toute
sorte d'égards. Maintenant, pour qu'il ne vous reste
rien à faire de ce qui peut mettre le comble à sa satisfaction et à la mienne, je vous prie d'abord de faire
venir mon frère, qui, comme je vous l'ai dit, est au
service de Gasparin d'Oria, puis d'envoyer quelqu'un
en Sicile pour s'informer de l'état actuel du pays, et
savoir ce que mon père est devenu, s'il est mort ou
vivant, et, s'il vit, dans quelle situation il se trouve.
Conrad se rendit aux désirs de son gendre. Il fit par-

tir sans différer deux hommes sur le zèle et la fidélité desquels il pouvait compter. Celui qui alla à
Gênes, ayant trouvé Gasparin, lui conta par ordre
tout ce que son maître avait fait pour Geoffroi et
pour sa mère, et finit par le prier, de la part de
ce seigneur, de lui envoyer le fugitif et la nourrice.
Gasparin, moins étonné de la proposition que de tout
ce qu'il venait d'entendre, répondit : Il n'est rien que
je ne fasse, mon ami, pour obliger le marquis de Malespini, que je connais de réputation et que je considère beaucoup ; mais ce que vous demandez n'est
pas en mon pouvoir. J'ai véritablement chez moi,
depuis quatorze ans, un enfant avec une femme ;
mais cette femme est sa mère ; et si le marquis s'en
contente, je suis prêt à les lui envoyer ; dites-lui de
ma part, je vous prie, de ne pas se fier à ce Jeannot : c'est sûrement un fourbe et un mauvais sujet,
qui ne prend le nom de Geoffroi de Capèce que
pour mieux le tromper.

Après cette réponse, le Génois crut devoir faire
politesse à l'envoyé, et donna ordre qu'on lui servît
à manger. Pendant qu'on le régalait, Gasparin prit
la nourrice en particulier, et la questionna adroitement sur ce qu'on venait de lui conter. Celle-ci, qui
avait entendu parler de la révolution arrivée en Sicile, et qui pensait que Henri de Capèce pouvait vivre encore, jugeant qu'elle n'avait rien à craindre,
prit le parti de lui avouer sans détour tout ce qui
était arrivé, et lui exposa ingénument les motifs
qu'elle avait eus pour se conduire comme elle avait
fait. Gasparin, voyant que les discours de cette
femme s'accordaient parfaitement avec ceux de l'envoyé, commença de croire que ce qu'on lui disait était
vrai. Cet homme fin et rusé ne s'en tint pas là : il fit
de nouvelles questions à l'envoyé de Conrad et à la

nourrice; et comme il apprenait à tout moment des
choses qui confirmaient la vérité de ce qu'on lui avait
dit, il se reprocha alors la manière peu généreuse
dont il avait agi avec ce petit enfant. Pour l'en dédommager, et, convaincu qu'il était de la famille de
Capèce, il le maria promptement à une de ses filles,
aussi jeune que jolie, à laquelle il constitua une
riche dot. Après la fête du mariage, Gasparin s'embarqua avec son gendre et sa fille, l'envoyé, la nourrice. Ils arrivèrent en très-peu de temps à l'Éreci, où
ils furent on ne peut pas mieux accueillis du seigneur
Conrad et de toute la famille. On imagine aisément
le plaisir que dut avoir la mère de revoir ce jeune
enfant qu'elle croyait perdu, la commune satisfaction
des deux frères de se trouver réunis après une si longue séparation, la joie de la nourrice à la vue d'un dé-
noûment si peu attendu ; celle du marquis, de sa
femme et de sa fille et de Gasparin n'éclata pas
moins dans cette touchante conjoncture.

Celui qui se joue des fortunes et des desseins des
hommes, le souverain dispensateur des grâces, iné-
puisable dans ses bienfaits quand il daigne nous en
favoriser, voulut rendre cette joie parfaite par la
nouvelle qu'apporta l'homme qu'on avait envoyé en
Sicile. On s'était déjà mis à table, et l'on était au
premier service, lorsque ce fidèle commissionnaire
vint annoncer que Henri Capèce jouissait d'une bonne
santé et d'un aussi grand crédit que jamais. Il raconta, entre autres choses, qu'au commencement de
la révolte contre le roi Charles, le peuple furieux
avait accouru en foule à sa prison, et qu'après avoir
tué les gardes, on l'avait mis en liberté, et l'avait fait
capitaine général pour chasser les Français ; qu'il
était en grande faveur auprès du roi Pierre, et que
ce prince l'avait rétabli dans tous ses biens et hon-

neurs. Cet homme ajouta que cet illustre commandant l'avait très-bien accueilli ; qu'il avait témoigné
une joie inexprimable d'apprendre des nouvelles de
sa femme et ds ses enfants, dont il n'avait plus entendu parler depuis le jour de sa disgrâce ; et qu'il
les enverrait prendre par plusieurs gentilshommes
qu'on verrait bientôt paraître, et qui avaient débarqué avec lui.

Dieu sait le plaisir que ces nouvelles firent à toute
la compagnie. Le marquis, accompagné de quelques-
uns des convives, courut au-devant de ces gentilshommes. Jamais ambassadeurs ne furent reçus avec
plus de joie. On les invita à se mettre à table. Avant
de s'asseoir, ces dignes députés saluèrent la compagnie, et remercièrent, de la part de leur maître, le
marquis de Malespini et sa femme des bons offices
qu'ils avaient rendus à Mme Britolle et à son fils
Geoffroi, les assurant l'un et l'autre qu'ils pouvaient
disposer de tout ce qui était au pouvoir de Capèce.
Puis, se tournant vers Gasparin : Vous pouvez être
assuré, lui dirent-ils, de toute la reconnaissance de
celui qui nous envoie, lorsqu'il apprendra le service que vous lui avez rendu, en lui conservant un
fils qui ne lui est pas moins cher que son aîné. Après
quoi ils prirent place au festin, où chacun s'empressa
de leur faire politesse. Les fêtes durèrent quelques
jours, après lesquels Mme Britolle, impatiente de
revoir son mari, s'embarqua avec ses deux fils,
eurs femmes et la nourrice, sur la frégate qui lui
avait été envoyée. Le marquis, la marquise et Gasparin les accompagnèrent jusqu'au port, où ils leur firent leurs adieux, non sans répandre des larmes en
abondance. Le vent leur fut si favorable, qu'ils arrivèrent dans peu de jours à Palerme, où ils furent reçus par Henri Capèce avec des transports de joie

inexprimables. Ils vécurent longtemps dans la prospérité ; et pleins de reconnaissance pour les bontés
de l'Être suprême, ils l'aimèrent et le servirent fidè-
lement.

LA PRINCESSE DE GRENADE

Guillaume II, roi de Sicile, eut deux enfants ; un
garçon, nommé Roger, et une fille, appelée Constance. Roger mourut avant son père. Il laissa un fils,
qui portait le nom de Gerbin, que le grand-père fit
élever avec beaucoup de soin. Ce jeune homme devint un prince accompli. On ne parlait, dans toute
la Sicile, que des agréments de sa personne et des
heureuses dispositions de son esprit. La réputation
de son mérite croissait avec son âge ; elle pénétra
dans les pays étrangers ; elle fit surtout beaucoup de
bruit dans la Barbarie, alors tributaire du roi de Sicile. La fille du roi de Tunis, à force d'entendre louer
ce prince, et ayant un goût naturel pour les grands
hommes, conçut de l'attachement pour celui-ci. Elle
se plaisait à en demander des nouvelles à tous les
étrangers qui venaient de Sicile. Cette princesse
jouissait, de son côté, d'une grande réputation. C'é-
tait un des plus beaux ouvrages de la nature, au dire
de tous ceux qui l'avaient vue. Esprit, grâces, beauté,
douceur, politesse, elle avait tout ce qui fait admirer
et adorer la grandeur. La noblesse de ses sentiments
répondait parfaitement aux charmes de sa figure
Elle aimait les hommes vertueux ; et on lui dit tant
de merveilles de la valeur et des autres qualités de
Gerbin, que, le regardant comme un prince accom-

pli, elle passa bientôt de l'estime à l'amour. Chercher toutes les occasions d'en entendre parler, en parler elle-même avec un ton et des expressions qui laissaient aisément apercevoir le penchant de son cœur, était pour elle la plus agréable des occupations.

Si le mérite du prince de Sicile faisait du bruit à la cour du roi de Tunis, la rare beauté et les vertus de la princesse sarrazine n'en faisaient guère moins à celle du roi Guillaume. A force de l'entendre louer, Gerbin s'en forma une si belle image qu'il devint également amoureux. Il brûlait du désir de la voir, et en attendant qu'il pût, sous quelque honnête prétexte, obtenir de son grand-père la permission d'aller à Tunis, il lui envoya un courtisan qui lui était affidé. Vous y séjournerez, lui dit-il, jusqu'à ce que vous ayez trouvé une occasion favorable pour faire mes compliments à la princesse sur son rare mérite, et pour lui peindre les sentiments d'estime, de respect et d'amour que j'ai conçus pour elle. Vous remarquerez l'effet que cette déclaration produira sur son âme et vous repartirez aussitôt pour venir m'en rendre compte.

L'envoyé s'acquitta à merveille de la commission. Arrivé à Tunis, il se déguisa en marchand, et pénétra jusqu'à la fille du roi, sous prétexte de lui montrer des bijoux. Pendant qu'elle les examinait, il trouva moyen de lui déclarer l'amour qu'elle avait inspiré au célèbre Gerbin, et lui offrit les services et la main de ce prince, dans le cas qu'elle voulût répondre à ses sentiments. La Sarrasine, flattée de cette déclaration, répondit à l'ambassadeur que son cœur avait déjà prévenu les intentions de Gerbin ; qu'elle l'aimait tendrement depuis qu'elle avait entendu parler de son grand mérite; qu'elle s'estimait heureuse de pouvoir lui en donner des preuves ; puis elle ôta de son doigt le plus précieux de ses anneaux, et le lui remit, avec ordre de le donner au prince, comme un gage de la sincérité de son estime et de sa tendresse.

Gerbin reçut cet anneau avec la plus grande joie qu'il soit possible d'imaginer. Il lui écrivit pour peindre l'excès de sa satisfaction, et lui envoya, par le même confident, des présents magnifiques. Ce commerce dura quelque temps à l'insu des deux rois. Rien n'était plus tendre, plus passionné que les lettres de ces amants. Il ne manquait à leur bonheur que de se voir pour ne plus se quitter. Ils paraissaient formés l'un pour l'autre. Mais tandis qu'ils s'occupaient des moyens de se réunir, il arriva que le roi de Tunis promit sa fille au roi de Grenade. A la nouvelle de cette future alliance, la princesse faillit mourir de chagrin. Elle était inconsolable de se voir à la veille de perdre un amant qui pouvait seul la rendre heureuse. Elle aurait été le joindre bien volontiers, s'il lui eût été possible de se dérober à l'autorité paternelle ; mais le peu d'apparence du succès l'empêcha de rien hasarder.

La nouvelle de ce mariage fut pareillement un coup de foudre pour Gerbin. Il voyait ses plus douces espérances trompées ; mais, comme l'amour qui l'enflammait était fondé sur l'estime, il paraissait moins touché de son propre malheur que de celui de sa maîtresse. Ce qui achevait de le désespérer, c'est qu'il ne voyait point de remède à son infortune. Il ne pouvait cependant se déterminer à renoncer à la princesse. Certain de n'être heureux qu'avec elle, persuadé qu'elle ne pouvait l'être qu'avec lui, il forme enfin la résolution de l'enlever, s'il arrive qu'on la conduise par mer à son époux. Ce projet était sans doute extravagant ; mais les passions fortes raisonnent-elles; elles ne cherchent qu'à se satisfaire à quelque prix que ce soit.

Le roi de Tunis ayant eu vent de l'amour de Gerbin pour sa fille, et craignant que ce prince, dont il connaissait le courage, ne se portât à quelque violence, prit le sage parti d'envoyer des ambassadeurs au roi de Sicile, pour lui notifier le mariage de sa fille, et lui demander un sauf-conduit qui la mît à couvert de toute insulte. Le vieux roi Guillaume, qui ignorait parfaitement l'amour de Gerbin, et qui etait loin de soupçonner qu'on demandât une sûreté par rapport à ce jeune prince, accorda volontiers le sauf-conduit, et, pour preuve de sa bonne foi, envoya un de ses gants au roi de Tunis. Celui-ci, muni de ce gage d'amitié, ne songea plus qu'aux préparatifs du départ de sa fille. Il fit équiper un grand et beau vaisseau au port de Carthage, qu'on chargea de munitions de guerre en cas d'accident.

Pendant qu'on disposait toutes choses pour son voyage, la princesse, qui ne pouvait se résoudre à renoncer à son amant, lui envoya secrètement un de ses confidents, avec ordre de lui retracer vivement son chagrin, de lui dire qu'elle devait partir incessamment pour Grenade, et qu'elle s'attendait qu'il profiterait de cette occasion pour lui faire connaître s'il était aussi brave qu'on l'assurait, et s'il l'aimait autant qu'il le lui avait fait entendre dans ses missives.

Gerbin ne demandait pas mieux que d'enlever sa maîtresse. Tel avait été d'abord son projet; mais le sauf-conduit que son grand-père avait donné s'opposait à cette entreprise. Il ne savait à quoi se résoudre. L'amour, plus fort que toute autre considération, joint à la crainte de paraître lâche aux yeux de la personne qu'il aimait le plus, le détermina à suivre

son premier dessein. Il part pour Messine, fait armer
promptement deux galères, et s'embarque, suivi
d'une troupe de soldats d'un courage éprouvé. Il
prend sa route vers la Sardaigne, persuadé que le
vaisseau de la princesse passera de ce côté. En effet,
à peine fut-il arrivé sur les côtes de cette île, qu'il
le vit venir, à l'aide d'un petit vent, vers l'endroit
où il s'était posté pour l'attendre. « Mes amis, dit-il
aussitôt à ses compagnons, comme je vous connais
sensibles, je suis sûr qu'il n'est aucun d'entre vous
qui n'ait éprouvé ou qui n'éprouve peut-être encore
l'empire de l'amour, de cette passion énergique qui
a fait entreprendre et exécuter tant de grandes
choses ; si donc vous avez été amoureux, ou si vous
l'êtes encore, il ne vous sera pas difficile de com-
prendre ce que je désire et ce que j'attends de vous.
Mon cœur, au moment où je vous parle, est enflammé
de l'amour le plus tendre et le plus violent ; je vous
avoue même que c'est uniquement cette brûlante
passion qui m'a porté à vous conduire ici : celle qui
en est l'objet est la vertu et la beauté mêmes. Vous la
verrez, mes amis, cette belle princesse que j'idolâtre :
elle est dans le vaisseau qui paraît devant vous. Ce
vaisseau est chargé de richesses ; nous pouvons les
acquérir à peu de frais en l'attaquant : vous vous les
partagerez, je vous les abandonne en entier ; je ne
désire pour ma part que la fille du roi de Tunis, que
son père veut immoler à son ambition. Sauvons cette
auguste victime ; sachez qu'elle n'est pas insensible
à l'amour que j'ai pour elle. Allons l'arracher des
mains de ses persécuteurs ; vous ferez son bonheur
et le mien. Attaquons courageusement ces barbares ;
ils sont en petit nombre. Le ciel favorise déjà notre
entreprise, puisqu'ils ne peuvent même nous éviter
faute de vent. »

Gerbin eût pu se dispenser de parler si longtemps.
Les Messinois, naturellement avides de rapines, ne
demandaient pas mieux. Ils ne lui répondent donc
que par des cris de joie. Aussitôt trompettes de son-
ner, et chacun de se préparer au combat. Les Messinois s'avancent vers le vaisseau à force de rames. Les
Barbaresques, qui se doutent de leur projet, et qui
ne peuvent fuir, courent soudain aux armes, et se
mettent en défense. Gerbin, se voyant à une portée
de flèche du vaisseau, détacha une chaloupe vers l'é-
quipage, pour lui proposer de se rendre s'il voulait
éviter le combat. Les chefs répondirent aux députés,
qu'ils étaient d'autant plus étonnés de la proposition,
qu'elle était directement contraire à la foi que le roi
de Sicile leur avait donnée, et ils montrèrent, en té-
moignage de cette foi, le sauf-conduit et le gant du
roi, ajoutant qu'ils ne se rendraient que par la force
des armes. Pendant cette espèce de négociation, la
princesse avait paru sur la poupe. Gerbin la trouva
plus belle encore qu'il ne se l'était figurée. C'est pourquoi, plus enflammé que jamais, il se moqua des représentations des Sarrasins, et leur fit dire, pour la der-
nière fois, que s'ils ne consentaient du moins à lui livrer la future épouse du roi de Grenade, ils devaient
se résoudre à combattre. Ils prirent ce dernier parti,
et commencèrent à faire voler les flèches et les
pierres. Le combat fut sanglant, et la perte grande
des deux côtés. Le prince sicilien, désespéré de voir
la victoire demeurer incertaine, ranime le courage de
ses soldats, met du feu dans un petit navire qu'il
avait amené de Sardaigne, et ordonne aux rameurs de
s'avancer tout près du vaisseau. Les Sarrasins, qui se
voient contraints ou de périr ou de se rendre, ne con-
sultent plus que leur désespoir ; ils amènent de force,
sur le tillac, la princesse, qui s'était réfugiée au fond

du vaisseau, pour cacher ses alarmes ; puis la faisant
voir à Gerbin, ils l'égorgent impitoyablement à ses
yeux et la jettent aussitôt à la mer, en lui criant :
Tiens, la voilà, puisque tu la veux ; mais nous te la
donnons comme tu l'as méritée. A la vue d'une pareille férocité, Gerbin, aimant autant mourir que
vivre, et n'écoutant plus que son désespoir, crie aux
rameurs de s'avancer ; il s'accroche au vaisseau, y
monte, et malgré la résistance des Sarrasins, et tel
qu'un lion affamé, qui, s'élançant au milieu d'un
troupeau, assouvit sa rage plutôt qu'il ne rassasie sa
faim, il abat, à coups de sabre, tout ce qui se présente
devant lui, et le sang ruisselle de toutes parts. Son
exemple est bientôt suivi par tous ses soldats, qui
achèvent de tout exterminer. Pour récompenser leur
courage, il fait enlever ce qu'il y a de plus précieux
dans le vaisseau ; il y met ensuite le feu, et il redes-
cend dans sa galère, peu touché de la victoire qu'il
venait de remporter. Il fait tirer de la mer le corps
de sa maîtresse, qu'il arrosa de ses larmes. De retour
en Sicile, il l'a fit enterrer avec pompe dans la petite
île d'Ustica, située presque vis-à-vis celle de Drapani ;
puis il retourna à Palerme, plein de tristesse et de
douleur.

Le roi de Tunis ne tarda pas à être informé de tout
ce qui s'était passé. Il envoya incontinent au roi de
Sicile des ambassadeurs vêtus de deuil, pour se plaindre d'une violation de foi si insigne, et l'instruire de
tout ce qui s'était passé, afin d'obtenir la vengeance
qu'il était en droit d'attendre. Le roi Guillaume, irrité de la conduite de son petit-fils, et ne pouvant
refuser la justice qu'on lui demandait, fit arrêter Gerbin, et le condamna lui-même à avoir la tête tran-
chée ; ce qui fut exécuté, malgré les prières et les
sollicitations de tous les barons, qui cherchaient à le

fléchir, aimant mieux n'avoir point d'héritier, que de passer pour un prince injuste et sans foi.

Telle fut la fin tragique de ces deux amants fidèles, qui se suivirent de près dans le tombeau, avant d'avoir pu goûter les fruits de leur amour.

LE PRODIGE OPÉRÉ PAR L'AMOUR

Les anciennes histoires de Chypre font mention d'un gentilhomme de ce pays, nommé Aristipe, le plus riche de tous ses compatriotes, et qui sans doute eût été le plus heureux, si la fortune ne l'eût affligé dans une chose. Parmi les enfants dont il était le père, il en avait un qui pouvait le disputer à tous les jeunes gens du pays pour la taille et la figure ; mais cet enfant était si sot, si stupide, qu'on n'en pouvait espérer rien de bon. On l'appelait Galeso. Son père n'épargna rien pour réparer les défauts de la nature par une bonne éducation ; il lui donna un précepteur et d'autres maîtres, mais tout fut inutile. On ne put ni lui apprendre à lire, ni le rendre tant soit peu poli. Tout ce qu'il faisait était marqué au coin de la grossièreté ; discours, manières , même le son de sa voix annonçait en lui l'impolitesse et la rusticité. De là vint qu'on lui donna le surnom de Chimon, qui, en langage chyprien, signifie grosse bête.

Aristipe, désolé des mauvaises dispositions de son fils, et désespérant d'en pouvoir jamais faire un homme honnête et supportable, se détermina à l'envoyer à la campagne vivre avec les paysans, pour n'avoir pas incessamment devant les yeux un objet si désagréable et si affligeant. Il lui signifia ses ordres. Chimon les exécuta avec d'autant plus de plaisir, que la façon de vivre des villageois lui plaisait cent fois plus que celle de la ville. Il partit donc pour la campagne, où il ne s'occupa que de ménage et de travaux rustiques. Il arriva qu'un jour, après avoir couru d'un champ à l'autre avec un gros bâton à la main, il entra, sur l'heure de midi, dans un petit bois agréable et touffu, car c'était dans le mois de mai. Le hasard le conduisit dans un pré entouré de mille arbrisseaux verts, au bout duquel il y avait une claire fontaine. Non loin de cette fontaine, il vit une jeune et belle fille qui dormait à l'ombre sur le gazon. Le mouchoir qui couvrait sa gorge était si simple et si léger, qu'on distinguait sans peine à travers, et la blancheur et la finesse de sa peau ; le reste de son vêtement consistait dans un casaquin et un jupon d'une blancheur éblouissante, et d'une étoffe presque aussi fine qu'une gaze ; à ses pieds dormaient deux femmes et un valet. Chimon n'eut pas plutôt aperçu cette jeune dormeuse, qu'il s'approcha pour la voir de plus près. Appuyé sur son bâton, il la regarde d'un air curieux et l'admire comme s'il n'avait jamais vu de femme. Son esprit rustique, sur lequel les leçons les plus sages et les plus attrayantes n'avaient pu faire la moindre impression, lui dit dans ce moment que cette fille était le plus bel objet qui pût s'offrir aux regards des hommes ; il ne se lassait point de la contempler. Il loua ses blonds cheveux, son front, son nez, sa bouche, ses bras, plus blancs que l'albâtre. D'homme rustre et sauvage, il devint tout à coup excellent juge en fait de beauté. Il ne manquait à son plaisir que de voir les yeux de la belle que le sommeil tenait fermés. Il fut tenté de l'éveiller pour se satisfaire ; mais, comme il commençait à raisonner, et qu'il n'avait jamais vu de femme aussi belle, il crut que c'était une déesse et qu'il devait la respecter. Il eut dès lors assez de discernement pour sentir que les choses divines méritent plus de vénération et de respect que les choses mortelles et terrestres. Il se contenta donc de l'admirer et attendit qu'elle s'éveillât d'elle-même. Quoiqu'il fût naturellement brusque et impatient, le plaisir qu'il trouvait à la contempler le retint constamment auprès d'elle. Quelque temps après, Ephigène s'éveilla, c'était le nom de cette beauté. Chimon, immobile, appuyé sur son bâton, fut le premier objet qu'elle vit en ouvrant les yeux. Comme il était connu presque partout, par son imbécillité autant que par le nom et la richesse de son père, il le fut de cette fille, qui, surprise de le voir là dans cette posture : Que viens-tu faire dans ce bois, à cette heure-ci? lui dit-elle. Chimon, tout occupé d'admirer ses beaux yeux qu'il lui tardait de voir, et d'où partaient les traits de feu qui enivraient son âme de plaisir, ne répondit pas un seul mot. La belle réveilla ses femmes; et, s'étant levée, elle partit avec elles. Vous avez beau fuir, charmante souveraine de mon âme, lui dit Chimon, j'irai avec vous. Quoique Ephigène, qui avait toujours peur de lui, le priât de se retirer, elle ne put jamais s'en défaire; il la conduisit jusque dans sa maison, non sans lui avoir fait, durant la route, beaucoup de compliments sur sa beauté. De là il s'en retourna chez son père et lui dit qu'il ne voulait plus demeurer au village. Le père n'en fut pas trop content, non plus que ses autres parents; néanmoins on lui permit de vivre à sa manière, pour découvrir quel pouvait être le motif d'un pareil changement.

Ce jeune homme, dont le cœur n'avait été jusqu'alors susceptible d'aucune impression, plein d'amour pour la jeune et belle Ephigène, étonna, par ses idées et par sa nouvelle conduite, son père, ses frères, et tous ceux qui le connaissaient. Il demanda d'abord, et obtint, d'être habillé comme ses frères, et d'avoir le même train. Perdant chaque jour de son caractère sauvage, il se mit à fréquenter les honnêtes gens, s'appliqua à imiter leurs façons, leur politesse, et s'attacha surtout à retenir les manières et les discours des jeunes gens amoureux. Au grand étonnement de tout le monde, il apprit dans fort peu de temps, non-seulement à lire et à écrire, comme le commun des gens bien nés, mais il se distingua parmi les savants, tant l'amour et l'envie de plaire surent lui inspirer d'ardeur pour l'étude : il parvint même, à force d'exercice et de travail, à modifier sa voix, au point qu'il la rendit douce et agréable. Peu de musiciens chantaient et jouaient mieux que lui des instruments. Il devint bon écuyer et un des hommes les plus vigoureux et les plus adroits de son temps dans tous les exercices militaires de mer et de terre. En un mot, il se rendit, dans moins de quatre ans, le gentilhomme le plus poli, le mieux tourné, le plus aimable et le plus accompli de son pays. La seule vue d'Ephigène produisit tous ces miracles. Les divins attraits de cette charmante personne ayant fait entrer l'amour dans son cœur, cette passion fut suffisante pour y développer le germe de ces qualités précieuses qui y étaient ensevelies comme dans une sombre et épaisse prison.

Quoique Aristipe ne fût pas trop charmé de l'amour de son fils pour Ephigène, considérant toutefois les effets avantageux que cette passion avait produits sur son esprit et sur son cœur, il le laissa maître de suivre son inclination. Chimon, devenu l'homme aimable, d'homme stupide qu'il était, eût fort désiré qu'on ne l'appelât plus que Galeseo, qui était son premier nom; mais, comme la belle Éphigène lui avait donné celui de Chimon, le jour qu'elle l'avait rencontré, il crut devoir le garder toute sa vie. L'amour qu'il conservait pour elle, le porta plusieurs fois à prier Chipsée, son père, de la lui donner en mariage; mais le père d'Éphigène répondit toujours qu'il l'avait promise à un gentilhomme de Rhodes, nommé Pasimonde, auquel il ne voulait pas manquer de parole. Chimon était trop épris, trop passionné, et avait trop fait pour renoncer à sa maîtresse : il jura que nul autre que lui ne la posséderait. A peine fut-il instruit que le Rhodien avait envoyé un vaisseau pour la prendre et qu'elle était sur le point de partir : Aimable et cher objet de ma flamme, dit-il en lui-même, voici le moment de te faire connaître combien je t'aime. Tu m'as rendu homme; je ne doute point que je ne devienne pour toi un héros. Oui, tu seras ma femme ou je perdrai la vie. Dans ce dessein, il résolut de l'enlever. Il rassembla plusieurs de ses amis, quelques soldats, et s'embarqua avec eux sur un vaisseau qu'il avait fait armer secrètement, pour aller attendre celui qui devait conduire à Rhodes l'aimable reine de son cœur : il ne l'attendit pas longtemps. Le père d'Éphigène ayant fait les honneurs convenables aux parents de son gendre futur, sa fille ne tarda pas à se mettre en mer. Elle fut rencontrée le lendemain par Chimon, qui était aux aguets pour la voir passer. Il s'approche des Rhodiens; et quand il en est assez près pour pouvoir se faire entendre, il monte sur la proue, et leur crie de mettre bas les voiles, ou de s'attendre à être pris et jetés à la mer. Voyant qu'ils se disposaient à se défendre, on lança promptement un harpon sur le vaisseau, et, l'ayant accroché, Chimon monte à l'abordage; et, sans attendre qu'il soit secondé d'aucun des siens, s'élance sur l'équipage, l'épée à la main, et en fait un carnage horrible. Les Rhodiens effrayés, et contraints de céder à sa valeur, demandent grâce, presque tous d'une commune voix, et offrent de se rendre prisonniers. Mes amis, leur dit alors Chimon, ce n'est ni par haine, ni par l'espoir du butin que j'ai pris les armes contre vous, mais uniquement pour me rendre maître d'un objet qui m'est mille fois plus précieux que la vie, et qu'il vous est facile de me livrer. Je ne vous demande qu'Ephigène : son père me l'a refusée en mariage, et l'amour que j'ai pour elle m'a contraint de recourir aux armes, plutôt que de la laisser marier à un étranger, qui ne saurait l'aimer autant que moi. Je prétends l'épouser, et crois la mériter aussi bien que Pasimonde. Donnez-la moi donc, et je vous laisse la vie avec la liberté.

Les Rhodiens, qui n'étaient pas les plus forts, cédèrent à la nécessité, et livrèrent avec regret Ephigène, qui fondait en larmes. Chimon la consola de son mieux; il la fit passer sur son vaisseau, sans exiger autre chose des Rhodiens. Ravi d'une si belle conquête, son premier soin fut de calmer ses inquiétudes, et d'essuyer les pleurs qu'elle ne cessait de répandre. Ne vous chagrinez point, ma chère amie, vous serez plus heureuse avec moi, que vous ne l'auriez été avec Pasimonde, qui ne vous connaît pas, qui ne peut par conséquent vous aimer comme vous le méritez. Songez que depuis le premier moment que je vous ai vue, je n'ai pas cessé de vous adorer ; songez à tout ce que l'amour m'a fait entreprendre pour vous plaire et me rendre digne de vous. Après avoir ainsi donné quelque temps à la consolation de sa maîtresse, il tint conseil avec ses compagnons, pour délibérer sur le parti qu'il avait à prendre. Il fut décidé qu'il ne devait pas retourner de quelque temps en Chypre, après un tel enlèvement. Alors il fit voile vers Candie, où il croyait pouvoir passer quelque temps en sûreté avec Ephigène, à la faveur des parents et des amis qu'il avait dans cette île; mais la fortune en disposa autrement, par une de ces bizarreries qui lui sont ordinaires ; elle se plut à changer en tristesse la joie qu'elle venait de procurer à Chimon, jusque-là son favori.

Quatre heures s'étaient à peine écoulées depuis la séparation des deux vaisseaux, lorsque le temps changea. Le ciel se couvrit d'épais nuages, et la mer fut bientôt agitée par les vents les plus impétueux. Tout annonçait une tempête pour la nuit, qui commençait à répandre ses voiles. Les flots s'agitaient, se courrouçaient de plus en plus, et menaçaient à chaque instant d'engloutir le vaisseau qu'ils battaient avec fureur. Les matelots manœuvraient avec beaucoup de difficulté ; on ne savait plus que faire pour éviter le danger. Chimon était au désespoir d'un pareil contre-temps ; il lui semblait que le ciel ne lui avait donné ce qu'il désirait, que pour le lui enlever d'une manière affreuse et sans espoir de retour. Ses compagnons n'étaient pas moins affligés ; mais Ephigène l'était plus que personne; elle ne cessait de pleurer, et croyait que chaque vague qui venait se briser contre le navire, allait être son tombeau. Dans sa douleur, elle maudissait l'amoureux Chimon, lui reprochait durement sa témérité, et disait que ce terrible ouragan était une juste punition du ciel, qui ne voulait pas qu'il l'eût pour femme ; mais qui avait décidé sa perte et la sienne. Cependant les matelots ne cessent de manœuvrer pour tâcher d'écarter le danger. Ils ne peuvent se rendre maîtres des vents, qui, augmentant à chaque instant, emportent le vaisseau vers l'île de Rhodes. Se voyant près de terre, sans savoir le lieu où ils étaient, ils firent leurs efforts pour gagner le rivage. La fortune seconda leurs désirs ; car le vent les jeta dans un petit golfe où le vaisseau des Rhodiens ne faisait que d'arriver. Quand le jour parut, Chimon et ses gens furent fort surpris de se voir à Rhodes, et à une portée de flèche du vaisseau d'où ils avaient enlevé la belle Ephigène. Désespéré de ce nouveau contre-temps, et craignant ce qui arriva, Chimon ordonna qu'on fît l'impossible pour se retirer d'un lieu si fatal à ses espérances, aimant mieux s'exposer encore à la fureur des vents et des flots, qu'au ressentiment des Rhodiens. On tenta tous les moyens imaginables pour s'éloigner du golfe, mais inutilement ; au contraire, comme le vent donnait directement contre le rivage, un coup de vague jeta le vaisseau sur le sable, où il fut incontinent environné de monde, et reconnu par l'équipage du vaisseau rhodien, dont une partie avait déjà débarqué, et s'était retirée au village prochain. Elle fut bientôt instruite de l'aventure de Chimon, et elle revint avec une troupe de paysans qui se saisirent d'Ephigène et de son ravisseur, déjà descendu à terre, avec le plus grand nombre de ses gens, dans l'intention de se sauver dans une forêt voisine. Il fut conduit, avec sa maîtresse et plusieurs de ses compagnons, au village, et de là à Rhodes.

Pasimonde, instruit de tout ce qui s'était passé, porta plainte au sénat, de la violence du gentilhomme chyprien, et le sénat ordonna à Lisimaque, qui, cette année, était le premier magistrat, d'aller avec ses sergents, prendre Chimon et ses compagnons, pour les mener en prison. C'est ainsi que cet amant infortuné perdit non-seulement sa maîtresse, mais sa liberté, et l'espoir de la recouvrer.

Quant à Ephigène, elle fut mise chez des dames de

la connaissance de Pasimonde, qui s'empressèrent de l'accueillir et de la soulager des fatigues qu'elle avait essuyées. Elle devait demeurer auprès d'elles jusqu'au jour fixé pour les noces ; et, en attendant, on se fit un devoir de lui procurer toute sorte d'agréments.

Pendant ce temps, Pasimonde intrigua, sollicita, pour faire condamner à mort son rival ; mais les gentilshommes rhodiens, à qui il avait sauvé la vie, et pour lesquels il avait eu de très-bons procédés, sollicitèrent en sa faveur, et on se contenta de le condamner lui et les siens à une prison perpétuelle ; punition qui lui fut aussi douloureuse que s'il eût été condamné à perdre la vie, puisqu'elle lui ôtait l'espoir de jamais posséder l'objet de son amour.

Cependant, tandis que Pasimonde faisait tout disposer pour ses noces, la fortune, toujours capricieuse, parut se repentir du mal qu'elle avait fait à Chimon, suscita un nouvel événement pour amener sa délivrance. Pasimonde avait un frère, nommé Hormisda, plus jeune que lui, mais non moins estimable par son mérite. Ce frère était amoureux d'une très-jolie Rhodienne de qualité, connue sous le nom de Cassandre, et il l'avait demandée plusieurs fois en mariage, sans avoir jamais pu l'épouser, à cause de divers accidents survenus au moment de la conclusion. Il faut observer que le magistrat Lisimaque était également épris des charmes de cette demoiselle ; mais elle lui préférait son rival. Pasimonde, voulant faire, comme on dit vulgairement, d'une pierre deux coups, et éviter les dépenses d'une seconde noce, imagina de conclure, une bonne fois pour toutes, le mariage de son frère, afin qu'il pût épouser la belle Cassandre, le même jour que lui-même épouserait Ephigène. Il en parla aux parents de la demoiselle, et il fut arrêté que ce double mariage se ferait en même temps. Lisimaque ne fut pas plutôt informé de ce nouvel arrangement, qu'il sentit que tout espoir était perdu pour lui, si Cassandre donnait sa main à Hormisda. Cette idée ralluma sa jalousie, et le mettait en fureur. Il dissimula toutefois sa peine et son ressentiment, pour songer aux moyens d'empêcher ce mariage : Il n'en vit pas de plus court ni de plus sûr que celui d'enlever Cassandre. L'exécution lui en paraissait aisée, mais indigne d'un honnête homme : cependant, après bien des combats et bien des réflexions, l'amour l'emporta sur l'honneur ; et il se décida à l'enlever, quoiqu'il en dût arriver. Pensant à la manière dont il devait s'y prendre, et aux personnes qui lui étaient nécessaires pour ce coup de main, il se ressouvint de Chimon et de ses compagnons qu'il tenait prisonniers. Il jugea qu'il aurait de la peine à trouver des gens plus propres à seconder ses vues ; il donna des ordres pour qu'on lui amenât Chimon la nuit suivante ; il le fit entrer dans sa chambre ; et voici à peu près le discours qu'il lui tint :

Les dieux, mon ami, se plaisent à éprouver la vertu des hommes. Ils ne leur prodiguent souvent leurs bienfaits, que pour les replonger dans l'adversité ; et s'ils les trouvent aussi fermes et aussi constants dans le malheur qu'ils l'avaient été dans la prospérité, ils se font une justice de leur rendre avec usure leurs premières faveurs. C'est sans doute dans l'intention d'éprouver ton courage qu'ils t'ont fait sortir de la maison de ton père, que je sais être très-riche. Je n'ignore pas non plus qu'ils se sont servis du pouvoir de l'amour pour faire de toi un homme vaillant et éclairé, d'homme stupide et grossier que tu étais. Ils veulent voir à présent si l'adversité et la prison n'ont point altéré ton courage. S'il est tel qu'il s'est d'a_ bord montré, lorsque tu as conquis ta maîtresse par les armes, je puis t'assurer qu'ils te réservent la récompense la plus flatteuse que tu puisses désirer. Tu vas en juger toi-même : sois seulement attentif à ce que je vais te dire.

Tu sauras d'abord que Pasimonde, ton rival, s'est donné toute sorte de mouvements pour te faire condamner à mort ; aujourd'hui il s'en donne pour hâter le moment de son mariage avec celle que tu aimes, et qui t'a coûté tant de peines et de soins. Je sais combien ce prochain mariage doit t'affliger ; j'en juge par le chagrin que me cause à moi-même celui d'Hormisda, frère de Pasimonde, qui, le même jour, doit épouser une demoiselle qui m'est pour le moins aussi chère qu'Ephigène peut te l'être à toi-même. Aie néanmoins bonne espérance ; il est un moyen de nous venger l'un et l'autre de l'injure qu'on nous fait, et d'empêcher même cette double alliance : il ne s'agit que d'avoir du courage. Vois si tu te sens celui de prendre les armes, pour enlever les maîtresses de nos rivaux. Tu ne balanceras point, si Ephigène t'est toujours chère, si tu veux recouvrer ta liberté et celle de tes compagnons, que j'attache à ce prix. Tu verras, par mon courage, que je suis aussi amoureux que toi ; parle, je n'ai plus rien à te dire.

Lisimaque n'avait point encore fini de parler, que Chimon se crut déjà réconcilié avec la fortune. Il sentit ses espérances renaître et son courage se ranimer. Que vous me connaîtriez mal, monsieur le juge, lui répondit-il, si vous doutiez de ma valeur ; il n'est point de péril que je n'affronte pour servir votre amour, si je dois obtenir la récompense que vous me faites envisager : vous ne sauriez trouver de compagnon plus brave et plus fidèle pour vous se-

conder. Je suis prêt à vous en convaincre ; ordonnez ;
que faut-il faire ?

On m'a assuré, répondit Lisimaque, que les deux
noces devaient se faire dans trois jours, dans la maison de Pasimonde. Risquant donc le tout pour le tout,
je suis d'avis de nous y rendre pendant la nuit, bien
armés, avec tes compagnons et les miens, et d'enlever, du milieu du festin, ta maîtresse et la mienne ;
nous les conduirons aussitôt dans un vaisseau, qu'on
prépare secrètement par mes ordres ; et nous immo-
lerons à notre fureur quiconque s'opposera à notre
résistance.

Chimon fut ravi de la proposition de Lisimaque,
et s'en retourna fort content dans sa prison, bien résolu de cacher à ses compatriotes, jusqu'au moment
de l'exécution, le projet où ils devaient entrer, afin
d'être plus sûr que rien ne transpirât.

Le jour des noces venu, la fête fut des plus magnifiques. La joie éclatait de toutes part dans la maison des nouveaux époux, pendant que Lisimaque disposait toutes choses pour y apporter la tristesse et le
deuil. Il met Chimon et ses compagnons en liberté, il
les arme, les réunit aux gens qui s'étaient affidés de
son côté, et harangue les uns et les autres pour leur
inspirer du courage. Il divise cette troupe en trois
petits corps ; il en envoie un au port, afin que personne ne puisse s'opposer à l'embarquement, quand
il en sera temps ; il se transporte avec les deux autres à la maison des nouveaux mariés ; il laisse à la
porte le second détachement, pour empêcher le monde
d'entrer ; et suivi de Chimon, monte avec le troisième
dans la salle des nouvelles mariées, qui étaient à table avec beaucoup d'autres femmes. Ils s'avancent
hardiment, renversant tout ce qui s'offre devant eux,
et prennent chacun leur maîtresse, qu'ils remettent

aussssitôt entre les mains de leurs compagnons, avec
ordre de les conduire au port. Un coup si hardi jette
l'assemblée dans l'étonnement et la frayeur. Les nouvelles mariées poussent des cris affreux ; et se débè-
nent vivement dans les bras de ceux qui les emportent : les autres dames, qui n'avaient pu les défendre,
se lamentent, se lèvent de table, appellent les hommes
à grands cris ; et, en attendant qu'ils viennent à leur
secours, elles se mettent en devoir d'arrêter les ravisseurs, en s'opposant à leur passage ; mais Lisimaque et Chimon se font jour avec leur épée à travers la foule, et gagnent rapidement l'escalier ; ils y
rencontrent Pasimonde qui, armé d'un gros bâton,
était accouru au bruit. Chimon lui fend la tête d'un
coup de sabre, et le jette mort sur le carreau. Hormisda, qui vole au secours de son frère, est également tué par Chimon. Les attaquants ayant donc
tué ou blessé tout ce qui avait voulu leur résister, se
réunirent à ceux qui gardaient la porte, et se rendirent tous en bon ordre au vaisseau, où les deux
dames étaient déjà. Ils mirent aussitôt à la voile, aux
yeux d'une multitude de gens armés, qui venaient en
diligence pour les arrêter. Après quelques jours
d'heureuse navigation, ils arrivèrent en Candie, où ils
furent bien reçus de leurs parents et de leurs amis.
Chimon et Lisimaque épousèrent leurs maîtresses,
qu'ils avaient eu soin de consoler durant leur voyage ;
et l'un et l'autre eurent sujet de se féliciter de leur
destinée. Cet événement produisit de grands troubles
entre les Rhodiens et les Cypriens ; ils se disposaient
même à se faire la guerre, lorsque, par la médiation
des parents et des amis des deux époux, tout fut
apaisé. L'affaire s'arrangea si bien, qu'après quelque temps d'exil, il fut permis à Chimon et à Lisimaque de retourner chacun dans son pays, où ils vé-

curent en paix et en bonne intelligence avec leurs femmes, aussi bien qu'avec leurs compatriotes.

LES FLÈCHES DE MARTUCIO

Au nord, et tout auprès de la Sicile, il y a une île qu'on appelle Lipari. Il y eut autrefois, dans la capitale de cette petite île, une jeune fille nommée Constance, qui joignait à une naissance honnête une figure très-intéressante. Un jeune homme à peu près de son âge, nommé Martucio-Gomito, qui ne manquait ni d'esprit ni de bonne mine, en devint amoureux. La demoiselle, qui lui trouvait des agréments infinis, se fit un devoir de répondre à son amour, et n'était jamais plus contente que lorsqu'elle le voyait ou qu'elle pouvait s'entretenir avec lui. Martucio, encouragé par ce tendre retour, se hasarda de la faire demander en mariage à son père, qui la lui refusa net parce qu'il était trop pauvre.

Le jeune homme, piqué du motif du refus, arma de moitié avec quelques-uns de ses parents et de ses amis une petite galère, et jura de ne retourner dans sa patrie qu'après avoir fait une brillante fortune. Quand le vaisseau fut prêt, il s'embarqua dans l'intention d'exercer le métier de corsaire, et fit voile vers les côtes de Barbarie. Il se tint quelque temps sur cette mer, attaquant et pillant fort les vaisseaux qui n'étaient pas en état de lui résister. La fortune lui fut presque toujours favorable. Il amassa beaucoup de biens dans très-peu de temps, plus même qu'il n'en fallait pour figurer avantageusement dans son pays, s'il eût voulu y retourner. Mais l'ambition d'augmenter ses richesses le retint encore sur 'mer, et cette ambition démesurée ʿcausa son malheur. Il fut attaqué à son tour par les Sarrasins ; il se défendit longtemps, mais enfin il fallut céder à la force. Il fut pris avec tout ce qu'il avait piraté, et conduit à Tunis, où il demeura longtemps prisonnier dans une extrême misère. La plupart de ses compagnons avaient été tués dans le combat, et son vaisseau coulé à fond, après que les Barbaresques l'eurent pillé.

Bientôt le bruit courut à Lipari que Martucio et tous ceux qui s'étaient embarqués avec lui avaient péri sur mer. Constance, que le départ de son amant avait fort affligée, ne pouvait se consoler de sa perte. Après avoir longtemps pleuré sur sa malheureuse destinée, elle résolut de ne plus vivre ; mais, ne pouvant gagner sur soi de se détruire elle-même, elle s'avisa d'un moyen assez singulier pour se réduire à la nécessité de mourir. Elle sortit un jour secrètement de la maison de son père, et s'en alla au port dans l'intention d'entrer dans la première barque de pêcheur qu'elle trouverait vide, pour s'abandonner ensuite à la merci des vents et des flots. Elle en aperçut une séparée de toutes les autres, qu'elle trouva fournie de mâts, de voiles et de rames, parce que les matelots en étaient sortis depuis peu. Elle y entre, la détache, et prend le large à force de rames et de voiles ; car elle entendait un peu la navigation, comme toutes les femmes de cette île. Quand elle se vit en pleine mer, elle abandonna les rames et le gouvernail, persuadée ou que sa barque, qui n'était pas lestée, serait b...ntôt submergée, ou qu'elle irait se briser contre quelque rocher : ce qui lui procurerait une mort inévitable. Dans cette espérance, elle s'enveloppa la tête d'un manteau, et se coucha au fond

7

de la barque, priant Dieu d'avoir seulement pitié de
son âme. Par bonheur l'événement ne répondit pas à
son attente : la mer était tranquille, et le peu de vent
qu'il faisait, poussant vers les côtes de Barbarie, conduisit le bateau, dans l'espace d'environ vingt-quatre
heures, en un petit havre près de la ville de Souse, dé-
pendante du royaume de Tunis. Comme la jeune fille
n'avait point levé la tête, elle ne savait si elle était
en terre ou en mer. Lorsque le bateau vint à bord, il
y avait sur le rivage une vieille femme occupée à
plier des filets de pêcheurs, qu'elle avait mis sécher
au soleil. Surprise de la voir arriver à pleines voiles
et donner contre terre, sans que personne parût, elle
crut que les pêcheurs s'étaient endormis. Pour s'en
convaincre, elle entre dans la barque, et ne trouve
qu'une fille étendue tout de son long sur les plan-
ches, empaquetée d'un grand manteau. Elle s'approche, et trouvant qu'elle dormait profondément,
elle l'appelle et la secoue jusqu'à ce qu'elle soit
éveillée. Elle reconnut à ses habits, quand elle l'eut
fait lever, que c'était une chrétienne ; elle lui demanda aussitôt en italien par quelle aventure elle se
trouvait là toute seule. La jeune fille, entendant parler sa langue, crut que le vent avait changé et l'avait
repoussée vers l'île d'où elle était partie. Elle porta
précipitamment ses regards de tous côtés, et ne connaissant point le pays, elle demande à la vieille où
elle était. Vous êtes près de Souse en Barbarie. A
cette réponse, Constance, plus affligée que jamais
d'être encore du nombre des vivants, surprise de se
trouver chez des Barbares, et craignant qu'ils ne vou-
lussent la maltraiter, se laissa tomber sur le sable,
comme pour mieux s'abandonner à sa douleur, et elle
versa un torrent de larmes. La bonne femme se mit à
la consoler de son mieux ; la compassion la rend élo-

quente : elle vient de l'arracher de ce lieu et de la
mener à sa chaumière, où elle lui fit manger un morceau de pain dur et du poisson. Voyant qu'elle n'é-
tait plus si chagrine, elle la pria de lui raconter son
aventure. Constance, étonnée de ce qu'elle lui parlait
toujours italien, ne jugea point à propos de satisfaire
sa curiosité sans savoir auparavant à qui elle avait
affaire : elle questionna donc son hôtesse, qui lui apprit qu'elle était au service de plusieurs chrétiens qui
faisaient le métier de pêcheurs ; qu'elle avait reçu le
jour à Trapani, d'où elle était sortie de très-bonne
heure, et qu'elle se nommait Chereprise. Ce nom lui
parut d'un bon augure ; elle commença même, dès
ce moment, à ne plus désirer la mort, soit que les
tendres consolations de la bonne vieille eussent ra-
nimé son courage, soit qu'elle eût quelque secret
pressentiment qu'elle pourrait oublier ses chagrins
et devenir heureuse. Elle raconta pour lors à cette
femme l'étrange résolution qu'elle avait prise, et ce
qui l'y avait portée, sans cependant lui dire le nom
ni l'état de ses parents, ni la ville qu'ils habitaient.
Elle termina son récit en la priant d'avoir compassion de sa jeunesse. Chereprise, qui était une très-
honnête femme, lui dit de ne point s'inquiéter, et lui
promit de lui rendre tous les services qui dépen-
draient d'elle. Je vous placerai, ajouta-t-elle, dans
une maison de la ville prochaine, où votre honneur
n'aura pas le moindre danger à courir. Elle la laisse
un moment seule dans sa cabane, et va retirer le
reste des filets au soleil. A son retour, elle la couvre
du manteau dont elle l'avait trouvée enveloppée dans
la barque, et la mène droit à Souse, en lui disant
qu'elle la conduit chez une Sarrazine très-respecta-
ble. C'est une dame d'un certain âge, extrêmement
charitable, qui a des bontés pour moi. Je la prierai

de vous prendre avec elle, et je suis assurée d'avance qu'elle s'en fera un plaisir. Je puis vous promettre que si vous cherchez à la contenter et à mériter son affection, elle vous traitera comme sa propre fille, et aura pour vous toute la tendresse et tous les égards que vous pourrez désirer.

Quand elles furent arrivées dans la ville, Chereprise courut vers sa protectrice qu'elle aperçut de loin, entrant dans une maison voisine de la sienne. Elle parla avec tant de chaleur et d'intérêt, que la dame, touchée des malheurs de la pauvre petite étrangère, ne put la regarder sans pleurer. Elle la caressa, la baisa sur le front, et la mena de suite dans sa maison, où elle ne logeait que des femmes qu'elle occupait à divers ouvrages de soie, de cuir et de palmier. Constance eut bientôt appris à travailler aussi bien que ses compagnes; elle se concilia d'autant plus leur estime et leur amitié, qu'elle fit des progrès rapides dans leur langue. Sa patronne ne l'estimait pas moins; enfin elle était aussi heureuse qu'on puisse l'être parmi des étrangers et loin de sa patrie.

Dans le temps qu'elle ne comptait plus revoir ses parents, qui la croyaient morte, le ciel préparait un événement qui devait la ramener dans sa patrie avec son amant. Un prince de Grenade, qui prétendait avoir des droits sur le trône de Tunis, alors occupé par Mariabdel, mit une grosse armée sur pied dans le dessein d'aller s'en emparer. Martucio-Gomito, qui savait déjà parfaitement la langue du pays, ayant appris cette nouvelle et les grands préparatifs que le roi de Tunis faisait pour repousser les forces du seigneur grenadin, dit à un de ses gardes que, s'il pouvait parler au roi il lui enseignerait un moyen infaillible pour le rendre victorieux de son ennemi. Le garde rendit compte de cette conversation à son maître, et le maître au roi. Le monarque envoya chercher Martucio, et lui ayant demandé quel moyen il avait à donner : Sire, lui répondit l'esclave, je me suis aperçu, depuis que je suis dans vos Etats, que dans vos armées vous employez plus d'archers que toute autre espèce de soldats ; je pense donc que si Votre Majesté pouvait faire en sorte que les flèches manquassent à vos ennemis, et que vos troupes en eussent en abondance, elle serait infailliblement victorieuse. La question est de le pouvoir, répondit le roi. La chose est très-possible, répliqua Martucio, et voici comment : Il faut que Votre Majesté fasse faire les cordes des arcs de vos archers beaucoup plus déliées qu'à l'ordinaire, et que le bout du trait qui donne sur la corde soit si mince qu'il ne puisse servir qu'à ces cordes. Cette opération doit être tenue secrète, pour que l'ennemi ne puisse y pourvoir : par ce moyen, vous êtes sûr de le vaincre ; car, lorsqu'il aura lancé toutes ses flèches contre vos troupes, il faudra nécessairement qu'il ramasse celles qui leur auront été tirées par vos archers, s'il veut continuer le combat ; mais elles ne pourront pas lui servir à cause de la mincissure du bout, sur lequel les cordes trop grosses n'auront pas assez de prise. Par ce moyen, vos troupes auront des armes en abondance, et les ennemis en manqueront.

Cet avis plut extrêmement au roi. Il s'y conforma, et gagna la bataille ; ce qui valut ses bonnes grâces à Martucio, dont il fit, en très-peu de temps, un grand seigneur.

La renommée de ce nouveau favori vola dans tout le royaume. Constance ne tarda pas à être informée que celui qu'elle croyait mort depuis longtemps, vivait encore, et était ce même Martucio que la faveur du prince avait élevé au plus haut degré de la for-

tune et de la grandeur. Elle reprit courage, et l'a-
mour presque éteint se ralluma dans son cœur. Elle
conte à la bonne dame toutes les aventures qui lui
étaient arrivées, et lui fait part de la situation où elle
se trouvait par la découverte qu'elle avait faite, en
apprenant que le favori du roi était son ancien amoureux ; elle finit par lui témoigner un grand désir
d'aller à Tunis, pour se convaincre de la vérité par
ses yeux. La dame, animée d'une tendresse toute
maternelle, loua son dessein, voulut l'accompagner,
et s'embarqua avec elle. Arrivées dans cette capitale,
elle la mena chez une de ses proches parentes, qui
la reçut le mieux du monde. Chereprise, qui avait
été du voyage, fut envoyée pour savoir si ce Martucio, favori du prince, était Martucio-Gomito de Lipari, qui, quelques années auparavant, avait fait le
métier de corsaire, avec plusieurs jeunes gens de la
même île. Les informations vinrent à l'appui de ce
qu'on avait ouï dire. Alors la bonne dame, voulant
annoncer la première à Martucio l'agréable nouvelle
de l'arrivée de sa maîtresse, alla le trouver, et lui
dit qu'elle avait chez elle une personne nouvellement
arrivée de Lipari, qui désirait lui parler en particulier. Comme elle ne veut être vue que de vous,
ajouta-t-elle, je me suis offert de venir moi-même
vous le faire savoir. Martucio la remercia de sa politesse, et la suivit incontinent. Quand Constance le vit,
elle faillit mourir de joie ; elle courut l'embrasser ; et,
sans pouvoir lui dire un seul mot, elle se mit à pleurer. Martucio, de son côté, demeura quelque temps
sans pouvoir lui parler, tant il fut saisi en la reconnaissant ; puis, jetant un profond soupir : Est-ce bien
vous, ma chère amie ? lui dit-il. Hélas ! j'avais ouï
dire que vous étiez morte. Que je me félicite de vous
retrouver ! Il se jette ensuite à son cou, et la serre

tendrement dans ses bras en versant des larmes d'attendrissement et de joie. Constance lui raconta ses aventures, sans oublier les bons traitements qu'elle avait reçus de la dame chez qui elle demeurait. Martucio lui raconta succinctement les siennes ; après quoi il courut informer le roi de ce qui venait de lui arriver, et lui demanda la permission d'épouser sa maîtresse à la manière des chrétiens. Le roi, surpris de cette singulière aventure, voulut voir Constance, et, convaincu par elle-même de la fidélité du rapport de son favori, permit à Martucio de l'épouser, en lui disant qu'il l'avait bien méritée. Il combla ces amants de dons magnifiques. Martucio, de son côté, s'épuisa en remercîments et en politesses auprès de la charitable Sarrasine ; et, après lui avoir fait de riches présents, il la fit conduire honorablement à Souse. Les nouveaux mariés retinrent avec eux Chereprise ; et, ayant obtenu depuis la permission de retourner dans leur pays, ils amenèrent cette bonne vieille à Lipari, où ils furent reçus avec une joie d'autant plus grande qu'on ne comptait plus les revoir. Ces deux époux vécurent longtemps et passèrent tout le reste de leurs jours dans l'abondance et dans une parfaite tranquillité.

LES DEUX FUGITIFS

Il y eut autrefois dans Rome un jeune homme nommé Pierre Boccamasse, d'une famille aussi ancienne qu'illustre, qui devint amoureux d'une jeune beauté, dont le père, d'une naissance obscure mais fort estimé des Romains, s'appelait Giglivosse. Comme ce

jeune gentilhomme était d'une jolie figure et avait
des manières aimables, il n'eut pas de peine à rendre
Angeline sensible à son amour ; la passion dont il
était dévoré ne fit qu'augmenter par la tendresse que
la belle lui témoignait. Voyant que tout allait au
mieux et qu'il ne pouvait être heureux s'il ne l'épou-
sait, il alla trouver Giglivosse, son père, pour la lui
demander en mariage, sans s'inquiéter si le sien consentirait à cette alliance. Bien loin d'y consentir, celui-ci l'accabla de vifs reproches au sujet de cette
démarche, et fit dire au père de la demoiselle de ne
point se prêter à la proposition de son fils, s'il ne
voulait s'exposer au ressentiment de toute sa famille
qui ne consentirait jamais à une pareille union. Le
jeune homme voyant qu'on refusait de faire son bonheur fut dans une affliction inconcevable. Il n'y eut
point de choses fâcheuses qu'il ne dît à ses parents,
et si le père d'Angeline l'eût voulu, il l'aurait épou-
sée en dépit du sien.

Pierre, désespérant de pouvoir fléchir ses parents
et ne pouvant être heureux sans Angeline qu'on veil-
lait de plus près depuis qu'on savait qu'il en était
amoureux, forma le dessein de s'enfuir de Rome avec
elle, dans le cas toutefois qu'elle voulût y consentir.
Il eut le secret de l'informer de son projet en lui promettant de l'épouser dès qu'ils se trouveraient en
pays libre. La demoiselle approuva son dessein ; ils
conviennent du jour et de l'heure de leur départ ; et,
lorsqu'ils ont tout disposé, ils montent à cheval et
prennent le chemin d'Alaigne, où le jeune homme
avait des amis. Pierre connaissait peu le chemin d'A-
laigne ; après avoir fait environ quatre ou cinq lieues,
au lieu de prendre à droite, il lui arriva de prendre
à gauche, et alla passer devant un petit château d'où
il sortit douze paysans de mauvaise mine qui allaient

droit à eux. Angeline fut la première à les apercevoir.
Ah Dieu ! nous sommes perdus, s'écria-t-elle ; voilà
des gens qui viennent nous attaquer : sauvons-nous
vite, mon cher ami ; et en disant cela, elle détourne
son cheval et gagne une forêt voisine. Son amant, surpris de ne voir personne, veut tourner la tête et se
trouve pris avant d'avoir songé à fuir. Ces hommes
le font descendre de cheval et lui demandent qui il
est. Il leur dit son nom ; et voyant sur sa réponse
qu'il est du parti de leurs ennemis, les Ursins, ces
scélérats complotent entre eux de le dépouiller et de
le pendre à un arbre. Ils lui ordonnent donc de se
déshabiller ; mais, tandis que ce pauvre jeune homme,
trop certain de son malheur, quitte ses habits et re-
commande son âme à Dieu, vingt cavaliers qui étaient en
embuscade courent à bride abattue sur cette troupe de
brigands, en criant : Tue ! tue ! A ce bruit inattendu,
les voleurs quittent Boccamasse pour se mettre en défense. Mais, voyant qu'ils étaient en plus petit nombre,
et craignant de succomber, ils prirent promptement
la fuite. Pierre profite de cette heureuse circonstance
pour reprendre ses habits ; il remonte à cheval et
court au galop par le chemin qu'il avait vu prendre
à sa maîtresse, bénissant le ciel d'en avoir été quitte
pour la peur. Arrivé dans le bois, il rôde, tantôt d'un
côté, tantôt d'un autre ; mais, n'y voyant ni sentier
ni trace de cheval, il commence à s'affliger. Il court
encore de côté et d'autre, mais il n'est pas plus
avancé. Il crie et appelle Angeline de toutes ses forces,
mais point de réponse. Alors, la joie qu'il avait d'être
échappé à la mort et de se trouver en sûreté dans ce
bois fort épais, se change en une profonde tristesse,
qui lui fit pousser des sanglots et répandre des pleurs
en abondance. Cependant, n'osant plus retourner sur
ses pas, il avançait toujours, incertain du lieu où la

destinée le conduisait. Les bêtes féroces, dont il savait que la forêt était remplie, se présentaient sans cesse à son imagination et redoublaient ses inquiétudes. Il craignait pour lui-même, mais beaucoup plus pour sa maîtresse qu'il croyait voir à tout moment dévorée par les ours et par les loups. Enfin, après avoir couru tout le reste du jour, pleurant, gémissant, appelant Angeline, et se trouvant accablé de fatigue et de faim, il s'arrêta aux approches de la nuit, attacha son cheval à un gros arbre sur lequel il monta pour se mettre à couvert des bêtes sauvages. Le ciel qui était couvert s'éclaircit bientôt après et laissa voir la lune qui répandait une lumière argentine à travers les feuillages de la forêt. Quand la tristesse et la douleur n'eussent point empêché l'infortuné Boccamasse de dormir, la seule crainte de se laisser tomber eût écarté le sommeil de ses yeux. Il se vit donc contraint de passer toute cette nuit à contempler les astres et à maudire sa malheureuse destinée.

La belle Angeline n'était pas plus heureuse que son amant. Emportée par son cheval, elle se réfugia, comme je l'ai dit, dans le bois, et pénétra si avant qu'il ne lui fut plus possible d'en sortir. Elle avait rôdé tout le jour, comme Pierre, se lamentant, pleurant et appelant son amant toujours sourd à sa voix. Enfin ne sachant plus que devenir, elle s'était abandonnée à son cheval qui, ayant trouvé un petit sentier, le suivit à petits pas. Après avoir fait environ une lieue de chemin, elle aperçut une chaumière comme le jour commençait à finir. Elle reprit alors la bride du cheval et elle dirigea sa course vers cette habitation. Elle y trouva un vieux bonhomme avec une femme non moins âgée que lui. Ces bonnes gens, surpris de la voir seule à une heure si indue, lui en

demandent la raison. Elle leur répondit en pleurant,
qu'elle avait perdu dans le bois son compagnon de
voyage, et les pria de lui apprendre à quelle distance
elle était d'Alaigne. Ma fille, lui répondit le vieillard, ce n'est point ici la route d'Alaigne, et vous en
êtes à plus de six lieues. — Faites-moi l'amitié de me
dire s'il n'y a point dans le voisinage de maison où
je puisse aller loger. — Il n'y en a pas une où vous
puissiez arriver avant minuit. — Puisque cela est ainsi,
oserai-je vous prier de me donner l'hospitalité pour
cette nuit ? — Très-volontiers, ma fille ; mais je vous
préviens que nous sommes souvent insultés de jour et
de nuit par des bandits qui courent ces bois ; si par
malheur ils venaient cette nuit, je vous avertis que
nous ne pourrions pas vous défendre. Quoique effrayée
par l'observation du vieillard, cependant comme il
était fort tard et qu'elle ne savait où se réfugier, elle
aima encore mieux attendre les événements que de
devenir la proie des bêtes féroces. Dieu nous gardera
peut-être de ce malheur, dit-elle au vieillard, et je
vous aurai la plus grande des obligations. Elle descend
donc de cheval, entre dans la chaumière, soupe avec
ces bonnes gens, se couche, et passe la plus grande
partie de la nuit à déplorer son malheur et celui de
Pierre, qu'elle n'espérait plus revoir. Vers la pointe
du jour, elle entendit force gens qui marchaient en
causant. Elle se lève incontinent, gagne une petite
cour qui était derrière la chaumière et se cache en
tremblant dans un tas de foin. A peine fut-elle dans
ce gîte que ces gens étaient à la porte. Ils firent ouvrir
avec grand bruit. Le cheval de la belle qu'ils virent
tout sellé leur fit demander s'il y avait quelqu'un
dans la maison. Le vieillard ne voyant plus la jeune
fille, répondit qu'il n'y avait personne, et que ce cheval s'étant égaré, il l'avait mis à couvert de peur

qu'il ne fût mangé durant la nuit par les loups. Le chef de la bande dit alors que, puisque ce cheval n'avait point de maître, il serait bon pour eux. La troupe étant entrée dans la maison, les uns courent d'un côté, les autres de l'autre, pour voir s'il n'y avait personne de caché. L'un d'eux enfonça sa javeline dans le foin, et il s'en fallut de peu qu'il ne tuât la fille qui y était cachée. La javeline la toucha de si près, que le fer perça sa robe. La fille qui crut être blessée, faillit jeter un grand cri ; mais considérant le lieu où elle se trouvait, elle se contint et n'osa pas même porter sa main à la partie où elle avait été touchée. Ces gens enfin, après avoir bien bu et mangé les chevreuils qu'ils étaient venus faire cuire dans cette chaumière, s'en retournèrent, emmenant avec eux le cheval d'Angeline. Lorsqu'ils furent un peu loin, le vieux bonhomme demanda à sa femme ce que la petite étrangère était devenue. Elle lui répondit qu'elle n'en savait rien ; mais qu'elle allait voir si elle ne la trouverait pas cachée quelque part. Angeline qui entendit ces mots, comprenant que les brigands devaient être déjà loin, sortit de dessous le foin, et ses hôtes furent agréablement surpris de la voir saine et sauve. Le bonhomme, touché de son sort, lui dit qu'il la conduirait, si elle voulait, à un château qui n'était qu'à deux lieues et demie de là, où elle serait en lieu de sûreté ; mais qu'il fallait se résoudre à faire ce chemin à pied, parce que les bandits avaient emmené son cheval. La belle accepta la proposition avec joie ; et étant partis sur-le-champ, ils arrivèrent au château vers les sept ou huit heures du matin. Ce château appartenait à un gentilhomme de la maison des Ursins, nommé Lielle de Champ-Fleur. Sa femme, qui était une personne charitable et pleine de piété, y était alors. Elle reconnut Angeline, et la reçut le mieux du monde. Elle voulut savoir par quelle aventure elle se trouvait dans ce canton. Après que la jeune fille lui eut tout raconté, elle fut d'autant plus touchée de son malheur que Pierre Boccamasse était des amis de son mari. Quand elle entendit parler du lieu où il avait été pris, elle ne douta point qu'il n'eût été tué, et elle dit à Angeline : Vous demeurerez ici avec moi jusqu'à ce qu'il se présente une occasion de vous renvoyer à Rome sans aucun risque.

Il est temps de revenir à Pierre, que nous avons laissé perché sur un arbre. Il n'y avait pas encore passé une heure qu'il vit venir, au clair de la lune, une vingtaine de loups, qui, apercevant son cheval, firent un cercle autour de lui. Le cheval, connaissant le danger qui le menaçait, lance des ruades à force, et se démène tant, qu'il rompt la corde et prend la fuite ; mais les loups affamés courent après lui, l'environnent et l'empêchent d'aller plus loin. Le pauvre animal se défendit longtemps de la dent et du pied ; mais à la fin il fut renversé, mis en pièces et dévoré. Le malheureux Pierre, témoin de ce terrible repas, tremblait de devenir à son tour la pâture de ces bêtes affamées. Il désespérait de ne pouvoir jamais sortir de ce bois. Les étoiles commençaient à pâlir et à faire place au jour, lorsque, transi de froid et de peur, il regarda de tous côtés, et vit un grand feu à une bonne demi-lieue de là : il attendit qu'il fît un peu plus jour, descendit ensuite de l'arbre, et prit son chemin vers l'endroit où était ce feu, non sans crainte d'être rencontré par quelque loup. Il arriva heureusement dans ce lieu, où il trouva des bergers qui mangeaient et se divertissaient. Ils eurent pitié de lui, et le firent chauffer, boire et manger avec eux. Après leur avoir raconté son aventure, il leur demanda s'il n'y avait

point dans le voisinage de bourg ou de château où il
pût aller demander l'hospitalité. Ils lui dirent qu'à
une lieue et demie de là, il y avait le château de
Lielle de Champ-Fleur, que la femme du seigneur occupait, et où il serait bien accueilli, parce que cette
dame était très-hospitalière. Pierre, charmé de trouver encore une ressource, les pria de l'y faire conduire par un d'entre eux, ce qu'on lui accorda volontiers.

A peine y fut-il arrivé, qu'il rencontra un ancien
domestique de son père; il le reconnut, et l'appela
pour lui conter sa mésaventure. Il entrait déjà en
marché avec lui, pour l'envoyer à la recherche d'Angeline, lorsque la dame du château, qui l'aperçut
d'une fenêtre, le fit appeler. Il serait difficile de se
former une juste idée de la joie qu'il eut de voir celle
qu'il aimait en abordant la dame. Il mourait d'envie
de se jeter à son cou; mais la timidité l'en empêcha.
La joie d'Angeline ne fut pas moins grande à la vue
de Pierre. Après les premiers compliments, la maîtresse du château, qui savait déjà son aventure, lui
reprocha avec douceur d'avoir voulu se marier contre
le gré de ses parents. Elle chercha à l'en détourner;
mais le voyant ferme dans son dessein, considérant
d'ailleurs les aimables qualités du caractère et de la
figure de la jeune fille, et la tendresse qu'elle avait
pour son amant : De quoi vais-je me mêler, se dit-
elle à elle-même ? pourquoi vouloir troubler le bonheur de ces aimables enfants? Ils s'aiment, ils se
connaissent, ils sont également attachés aux intérêts
de mon mari, il faut donc leur laisser la liberté de
suivre leur inclination. D'ailleurs, il semble que la
Providence autorise ce mariage, puisqu'elle a sauvé
l'un du gibet et l'autre de la javeline, et tous deux
des bêtes féroces. Et véritablement, pourquoi m'op-

poserais-je aux décrets du Ciel ? Bien loin d'empêcher cette union, je dois la favoriser. S'adressant
ensuite aux deux fugitifs : Puisque vous êtes résolus,
leur dit-elle, de vous marier ensemble, je prétends
si peu vous en empêcher, que je veux que les noces
se fassent céans aux dépens de mon mari : je me
charge de vous raccommoder ensuite avec vos parents.

Dieu sait s'ils furent ravis d'un aussi agréable
changement. Ils ne pouvaient contenir leur joie, et
ils la firent éclater par mille démonstrations d'amour
et de reconnaissance pour la dame. Cette vertueuse
dame leur fit des noces aussi magnifiques qu'il soit
possible de les faire à la campagne. Le plaisir qu'elle
leur procura fut pour elle la plus douce des jouis-
sances. Quelques jours après elle les mena à Rome.
Elle trouva le père du jeune homme fort indisposé ;
mais elle sut calmer son ressentiment, et le réconci-
lier avec son fils et sa bru. Il la reçut chez lui ; et
voyant combien ils étaient unis, il ne tarda pas à
s'applaudir de cette alliance. Les nouveaux mariés
s'aimèrent en effet jusqu'au tombeau, où ils ne des-
cendirent que dans une extrême vieillesse.

LES DEUX RIVAUX

Deux Lombards, l'un connu sous le nom de Gui de
Crémone, l'autre sous celui de Jacomin de Pavie,
tous deux déjà vieux et cassés par les fatigues de la
guerre, comme gens qui avaient porté les armes dès
leur plus tendre jeunesse, se retirèrent dans la ville
de Fano pour y finir leurs jours dans le repos. Quel-

que temps après y avoir fixé leur séjour, Gui tomba
dangereusement malade. Comme il n'avait ni parent,
ni ami en qui il eût plus de confiance qu'en Jacomin,
avec lequel il s'était lié dans le service, il le laissa, en
mourant, dépositaire de tout son bien, et d'une petite
fille qu'il avait avec lui, âgée d'environ dix ans, des
aventures de laquelle il l'instruisit fort au long. Il arriva sur ces entrefaites que les troubles qui avaient
longtemps agité la ville de Fayence s'étant apaisés, il
fut libre à chacun de ses anciens habitants d'y retourner. Jacomin, qui en était sorti pour éviter les
malheurs de la guerre, sachant qu'elle avait un peu
repris sa première force et sa splendeur, alla s'y éta-
blir avec toute sa fortune, et emmena avec lui la petite fille qui lui avait été confiée. Il l'aimait comme
si elle eût été sa propre enfant. Elle embellissait si
fort en grandissant, qu'elle devint en peu de temps
une des plus jolies et des plus aimables demoiselles
de la ville. Plusieurs jeunes gens s'empressèrent de
lui faire la cour. Les plus assidus étaient un certain
Jeannot de Severin, et un nommé Minguin de Min-
gole, tous deux bien faits, de jolie figure, et fort po-
lis. Comme ils en étaient l'un et l'autre éperdument
amoureux, ils devinrent ennemis irréconciliables
aussitôt qu'ils se reconnurent rivaux. La demoiselle
touchait à sa quinzième année, et était par conséquent
en âge de se marier. Chacun d'eux se serait estimé
heureux de l'avoir pour femme, si on eût voulu la lui
accorder ; mais, voyant qu'on la leur refusait sur de
vains prétextes, ils formèrent l'un et l'autre, chacun
de leur côté, le projet de l'enlever. Voici les moyens
qu'ils mirent en usage.

Le vieux Jacomin avait une vieille servante et un
valet nommé Crivel. Celui-ci aimait beaucoup l'argent et le plaisir, et était par conséquent facile à se

laisser corrompre. Jeannot fit connaissance avec ce valet, lui découvrit à propos son amour, le pria de le servir dans son dessein, et lui promit de le bien récompenser, s'il venait à bout de l'exécuter. « Tout ce que je puis faire pour vous obliger, répondit Crivel, c'est de vous introduire dans la maison quand mon maître ira souper dehors, car tout ce que je dirais à la demoiselle en votre faveur ne servirait de rien. Je n'ai pas le moindre crédit sur son esprit, et je ne voudrais pas me hasarder à lui proposer une chose qui pût la fâcher. Voyez si cela vous accommode : je vous tromperais si je vous promettais davantage. Jeannot lui dit qu'il n'exigeait pas autre chose de lui, et ils en restèrent là.

Minguin, de son côté, avait mis la servante dans ses intérêts et lui avait fait faire plusieurs ambassades qui avaient presque déterminé la demoiselle en sa faveur. Ce qui est certain, c'est qu'elles l'avaient portée à consentir à le voir.

Les choses étaient en cet état, lorsque Jacomin fut invité à souper chez un de ses amis. Crivel le fit savoir incontinent à Jeannot, qui, à un certain signal, devait trouver la porte ouverte. De son côté, la servante, qui ne savait rien de l'intrigue de Crivel, fit avertir Minguin de l'absence de son maître, en le priant de se tenir près de la maison, afin d'y entrer au signal qu'elle devait donner.

La nuit étant venue, chaque amoureux, qui craignait la rencontre de son rival, se précautionne d'armes et d'amis, de peur de surprise, et va se poster dans l'endroit qu'il juge le plus convenable. Minguin alla avec ses gens chez un de ses amis, dont la maison était voisine de celle de la demoiselle, pour y attendre le moment du rendez-vous. Jeannot se porta avec sa troupe dans un endroit plus éloigné, après avoir laissé, toutefois, un de ses gens près du logis de la dame, pour guetter le moment où la porte s'ouvrirait.

Quand Jacomin fut sorti, le valet et la servante firent de leur mieux pour se défaire l'un de l'autre. Crivel voulait que la servante se couchât, et la servante s'efforçait d'éloigner Crivel sous mille prétextes différents. « Que ne vas-tu te promener, lui disait-elle, pour aller ensuite au-devant de notre maître ? Et toi, répondit le valet, pourquoi ne vas-tu pas te coucher, à présent que tu as soupé ? » Comme ils avaient intérêt l'un et l'autre de ne pas s'éloigner, aucun ne voulut démarrer. Crivel, ennuyé de ces contestations, et voyant que l'heure apppprochait, courut ouvrir la porte, quoi qu'il dût lui en arriver. Jeannot entre aussitôt, suivi de deux de ses compagnons, et se met en devoir d'emmener la demoiselle, qu'il trouve dans le salon, occupée à coudre ; et la belle de pousser les hauts cris, et la servante d'en faire autant. Minguin accourut au bruit. Les ravisseurs étaient déjà dans la rue. Il fond sur eux l'épée à la main, et menace de les tuer s'ils ne lâchent leur proie. Pendant qu'on se chamaillait ainsi de part et d'autre, les voisins, munis d'armes et de flambeaux, étant accourus en diligence, séparent les combattants, et, apprenant la violence de Jeannot, se déclarent en faveur de Minguin, délivrent la nouvelle Hélène, et la remettent dans la maison de son tuteur, qu'elle appelait sans cesse dans son affliction. Avant que le tumulte fût apaisé, les sergents du commandant de la ville survinrent pour mettre le holà, et firent plusieurs prisonniers, au nombre desquels furent Jeannot et Crivel, son premier complice.

Il est aisé de se figurer le chagrin que cette aventure causa à Jacomin, lorsqu'il fût de retour. Il était dans la plus grande affliction ; cependant, voyant que sa pupille était parfaitement innocente et n'avait eu aucune part à la conduite de Jeannot, il se consola un peu, et résolut de la marier le plus tôt qu'il lui serait possible, afin de prévenir de pareilles aventures.

Les parents de Jeannot et ceux de son rival, instruits à fond de la conduite de ces jeunes étourdis, et craignant que Jacomin ne voulût poursuivre cette malheureuse affaire, qui aurait mal tourné pour eux, s'empressèrent, le lendemain, d'aller lui faire des excuses, et de le supplier d'arrêter les poursuites, s'offrant de lui donner toutes les satisfactions qu'il lui plairait d'exiger. Songez que ce sont des jeunes gens écervelés, incapables de sentir les conséquences d'une démarche aussi criminelle ; nous vous demandons grâce pour leur étourderie, et nous vous prions de l'oublier, afin qu'elle n'altère en rien l'estime et l'amitié qui nous ont unis jusqu'à ce jour. « Messieurs, leur répondit Jacomin, que l'âge et l'expérience avaient rendu prudent, je vous suis si attaché, et fais tant de cas de votre mérite, que, quand je serais dans mon pays, comme je suis dans le vôtre, vous me trouveriez en ceci, comme en toute autre chose, disposé à faire tout ce qui peut vous être agréable. Le sacrifice de mon ressentiment me coûte d'autant moins, que vous êtes vous-mêmes intéressés dans l'insulte qui a été faite à la jeune demoiselle confiée à mes soins. Vous saurez qu'elle n'est native ni de Crémone, ni de Pavie, comme vous pouvez l'avoir imaginé ; elle est votre compatriote, née à Fayence même, sans que celui qui me l'a remise en mourant, ni moi, ayons jamais pu découvrir de qui elle est fille.

Ils furent surpris d'apprendre que cette demoiselle

était de Fayence ; et, après avoir remercié Jacomin
de son honnêteté, ils le prièrent de leur dire par
quelle aventure elle était tombée entre ses mains.
Gui de Crémone, leur répondit-il, avec lequel j'ai
longtemps porté les armes, était de mes intimes amis.
Peu de jours avant sa mort, il me dit que, lorsque
cette ville fut prise par l'empereur Frédéric et livrée
au pillage, il entra avec plusieurs de ses compagnons
dans une maison que ceux qui l'occupaient venaient
d'abandonner, et qu'il trouva pleine de richesses.
Comme il en sortait, il rencontra sur un escalier cette
fille, qui, dès qu'elle le vit, l'appela son père. Ce mot,
prononcé d'un ton tout à fait tendre, le toucha de
compassion pour cette enfant. Elle pouvait alors avoir
deux ans ; il la prit avec lui, en eut soin dès ce moment, et l'amena à Fano, où il est mort. C'est là qu'il
m'a laissé cette fille avec tout son bien, en me char-
geant de la marier quand il en serait temps, et de lui
donner tout ce qu'il m'a remis pour elle. Si je ne l'ai
pas encore mariée, c'est parce que je n'ai point trouvé
de parti qui me parût sortable ; mais je me donne-
rai des mouvements pour en trouver bientôt, afin
de ne plus l'exposer aux folies des jeunes gens.

Le hasard voulut qu'il y eût dans la compagnie un
certain Guillemin qui, s'étant trouvé au saccagement
de la ville de Fayence avec Gui de Crémone, savait
très-bien que la maison qui avait été pillée appartenait à l'un de ses assistants. Il s'approche alors du
personnage : « Bernardino, lui dit-il, avez-vous fait at-
tention a ce que vient de dire Jacomin ? La chose vous
regarde en propre. J'en ai été frappé aussi bien que
vous, répondit Bernardino, et je songeais dans ce
moment à la petite fille que je perdis alors, et qui serait aujourd'hui de l'âge de celle dont parle Jacomin.
—C'est assurément la vôtre, reprit Guillemin, n'en dou-

tez pas ; car il me souvient d'avoir autrefois entendu
faire, par Gui de Crémone, la description de la maison qu'il avait pillée, et, d'après son récit, il m'a toujours semblé que c'était celle que vous aviez. D'après
cela, je suis persuadé que c'était votre fille qu'il emporta. Ne pourriez-vous point la reconnaître à quelque marque ? Voyez-la, et je suis certain que vous
la reconnaîtrez. Bernardino se ressouvint qu'elle devait avoir une marque en forme de croix sur l'oreille
gauche, provenant d'une loupe qu'il lui avait fait
couper quelque temps avant la prise de Fayence. Il
pria alors Jacomin de lui faire voir cette demoiselle,
pour vérifier ce qui en était ; ce qui lui fut accordé
sans délai. Aussitôt qu'il la vit, il crut voir le visage
de sa femme, tant elle lui ressemblait ; mais, voulant
quelque chose de plus décisif, il pria Jacomin de lui
permettre de regarder de près l'oreille gauche de la
fille. Après en avoir obtenu la permission, il s'approche de la demoiselle, lève ses cheveux, et voit la
croix ; et, ne pouvant plus douter que ce ne fût véritablement sa fille, il pleure de tendresse, et l'em-
brasse tendrement, malgré la petite résistance de la
pupille, qui paraissait honteuse de ce qui se passait.
Puis, se tournant vers le tuteur : C'est bien ma propre
fille, lui dit-il tout transporté de joie ; oui, ce fut ma
maison que pilla Gui de Crémone. Ma femme fut si
surprise et si alarmée, qu'elle oublia sa fille ; et nous
avions cru jusqu'à présent qu'elle avait péri dans la
maison, qui fut brûlée en grande partie après le pillage.

La demoiselle, entendant ce vénérable vieillard
parler de la sorte, d'un air vraiment attendri et passionné, ne douta point qu'il ne dît la vérité ; et, cou-
rant l'embrasser à son tour, elle mêla ses larmes aux
siennes. Bernardino envoya incontinent quérir sa

femme, ses autres enfants et ses parents. Il leur montra sa fille, et leur raconta tout ce qui s'était passé. Il la mena ensuite dans sa maison, avec le consentement de Jacomin, où elle fut caressée de sa mère, de ses frères et de ses sœurs.

Le commandant de la ville, qui était un galant homme fort porté à rendre service aux honnêtes gens, ayant appris l'aventure, et sachant que Jeannot, qu'il tenait prisonnier, était fils de Bernardino et frère, par conséquent, de la demoiselle qu'il avait voulu enlever, donna un tour favorable à l'affaire, raccommoda les deux rivaux, et engagea Bernardino à marier sa fille avec Minguin, ce qui fut fait avec l'approbation générale de toute la parenté. Crivel et les autres prisonniers furent mis en liberté. Minguin, au comble de la satisfaction de posséder enfin celle qu'il adorait, donna, le jour des noces, une fête des plus magnifiques, dans la maison de son beau-père. Il conduisit ensuite sa femme chez lui, et vécut toujours avec elle dans la plus parfaite union.

LE FAUCON

Il y eut autrefois à Florence un jeune gentilhomme fort riche nommé Fédéric, fils de messire Philippe Albérigni, d'une maison illustre. L'art et la nature n'avaient rien épargné pour en faire un jeune homme accompli ; il n'avait point son pareil parmi la jeune noblesse toscane. Il devint amoureux, comme c'est assez l'ordinaire de ceux de son âge et de son rang, d'une dame de condition nommée Jeanne, qui, de son temps, passait pour une des plus belles et des plus ai-

mables dames de Florence. Il n'épargna rien pour s'en
faire aimer : festins, joutes, tournois, présents magnifiques, tout fut employé; mais la dame, aussi vertueuse que belle, se souciait très-peu d'être l'objet
de toutes ces folles dépenses et n'en méprisait pas
moins le galant. Frédéric ne se rebuta point ; et continua le même train et fit tant par ses prodigalités
déplacées que, de tous ses grands biens, il ne lui
resta plus qu'une petite métairie dont le revenu mo-
dique suffisait à peine pour lui donner à vivre, et ne
conserva de sa magnificence passée qu'un faucon
excellent pour la chasse. Quoique plus amoureux
que jamais de celle pour qui il s'était ruiné, voyant
qu'il ne pouvait plus vivre décemment à la ville, il
prit le parti de se retirer à la métairie qui lui res-·
tait. Il y chassait avec son faucon le plus souvent
qu'il pouvait, autant pour tâcher de s'étourdir sur la
misère qu'il n'imputait qu'à lui-même, que pour
ne point s'abaisser à demander du secours à personne.

Il menait depuis quelque temps ce nouveau genre
de vie, lorsque le mari de madame Jeanne tomba malade et mourut. Il n'eut que le temps de faire son
testament, par lequel il institua son fils, déjà un peu
grand, héritier de tous ses biens qui étaient immenses ; et en cas que l'enfant vînt à mourir sans
hoir légitime, les substitua à sa femme qu'il avait aimée avec tendresse.

La belle saison étant venue, la veuve alla, selon
sa coutume, passer l'été à la campagne, à une maison qu'elle avait dans le voisinage de celle de Fédéric. A la faveur du voisinage, le petit enfant qui se
plaisait à rôder eut bientôt fait connaissance avec
lui ; il le visitait fréquemment, aimant à s'amuser
avec ses chiens et ses oiseaux. Il eut occasion de voir

son faucon dont il avait beaucoup entendu parler. Cet oiseau lui plut tellement qu'il en eut envie : mais il n'osait le demander, sachant que Fédéric lui était fort attaché. Le chagrin de ne pouvoir posséder ce qu'il désirait le mina si fort qu'il en tomba malade. Il fit connaître à sa mère la cause de son mal en ces termes : Ah ! ma chère maman, si vous pouviez me faire avoir le faucon de Fédéric, je sens que je serais bientôt guéri. La dame fut quelque temps à rêver et à réfléchir sur ce qu'elle devait faire : elle savait que Fédéric l'avait longtemps aimée, qu'il s'était ruiné en son honneur, et qu'elle s'était toujours montrée insensible à ses empressements. Comment, disait-elle en elle-même, comment oser demander ce faucon qui est, dit-on, le meilleur qu'il soit possible de voir, et qui d'ailleurs fait vivre et subsister son maître ? Serais-je assez peu raisonnable pour vouloir en priver un gentilhomme qui n'a dans ce monde d'autre plaisir que celui-là ; ces réflexions la tenaient dans une grande perplexité, quoiqu'elle fût bien certaine d'avoir l'oiseau si elle le demandait. Ne sachant donc que répondre à son fils, elle garda le silence ; mais l'enfant, toujours malade, toujours chagrin, refuse tout ce qu'on lui offre, et dit qu'il veut avoir le faucon. Enfin, l'amour maternel l'emportant sur toute considération, sa mère, résolue de le satisfaire à quelque prix que ce fût, prend le parti de lui dire qu'il aura cet oiseau, et se détermine effectivement d'aller elle-même le demander. Ne te chagrine plus, lui dit-elle, songe seulement à te rétablir ; je te promets que la première chose que je ferai demain matin, sera d'aller chercher le faucon pour te l'apporter. Cette promesse fit tant de plaisir à l'enfant, que le soir même il se trouva beaucoup mieux. Le lendemain la dame, accompagnée d'une autre femme, alla,

en se promenant, à la petite maison de Fédéric.
Lorsqu'elle y arriva, il était par hasard dans son jardin, occupé à le faire arranger, parce que ce jour-là
n'était guère propre pour la chasse du faucon. Elle
se fait annoncer, disant qu'elle désire lui parler.
On se figure aisément quelle dut être sa surprise,
lorsqu'on lui dit le nom de la dame qui le demandait. Transporté de joie, il court au plus vite la recevoir, et la salue très-respectueusement du plus
loin qu'il l'aperçut. Madame Jeanne, de son côté, va
au-devant de lui, et le salue de la manière la plus
honnête et la plus gracieuse. Après les compliments
d'usage : Seigneur Fédéric, lui dit-elle, je viens ici
pour vous récompenser des soins que vous avez perdus, lorsque vous m'aimiez un peu plus que de raison,
et la récompense c'est que je viens avec madame pour
vous demander à dîner. Il ne me souvient pas, madame, lui répondit-il avec douceur et modestie, d'a-
voir fait aucune perte pour vous ; au contraire, vous
m'avez procuré de si grands avantages, que si jamais on m'a reconnu quelque mérite, c'est aux sentiments que vous m'avez inspirés que j'en ai l'obli-
gation. La grâce que vous me faites aujourd'hui m'est
si précieuse, et flatte si fort mon cœur, que quoique
je sois pauvre, je ne voudrais pas la changer contre
les biens que j'ai perdus.

Après lui avoir fait ce compliment, il la reçut dans
son petit réduit, et la conduisit ensuite dans son
jardin. Ne sachant que lui donner pour lui faire
compagnie, il la laissa avec la jardinière et la dame
qui l'avait accompagnée, pendant qu'il était allé
préparer le dîner. Cet honnête gentilhomme n'avait
jamais si bien senti les désagréments de la pauvreté
que dans ce moment, où il se trouvait si peu en état
de recevoir une personne si chère à son cœur ; il

9

aurait voulu la régaler, et il se trouvait ce jour-là
dépourvu de tout. Il enrageait de dépit, maudissait
sa fortune, et courait çà et là comme un homme qui
ne sait où donner de la tête. Le plus fàcheux, c'est
qu'il n'avait ni sou ni maille, ni effets sur lesquels
il pût emprunter. Cependant l'heure du dîner approchait, et il n'avait encore rien préparé, quoiqu'il en
eût eu tout le temps. Il ne savait à quoi se résoudre
lorsque, jetant les yeux sur son faucon, qui se tenait
tranquillement perché dans sa loge, il se détermine
à en faire le sacrifice, pour avoir du moins quelque
chose d'honnête à servir à la charmante veuve qui
l'honorait de sa visite. Il le prend donc, lui tord le
cou, le plume et le met à la broche. Quand tout fut
prêt, il retourna gaiement au jardin pour engager la
dame et sa compagnie à venir se mettre à table. Le
repas fini, et après une assez longue conversation des
plus amusantes, madame Jeanne crut qu'il était temps
de lui découvrir le motif de sa visite, et lui parla en
ces termes :

Si vous vous souvenez encore, seigneur Fédéric,
de tout ce que vous avez fait pour moi, et de ma
grande retenue, qui vous a peut-être fait penser que
j'avais l'âme dure et sauvage, je ne doute pas que
vous ne soyez étonné de ma présomption, lorsque
vous apprendrez le véritable sujet qui m'a amenée
chez vous. Cependant si vous aviez des enfants, ou
que vous en eussiez eu, comme vous connaîtriez alors
quelle est la force de la tendresse paternelle, je suis
assurée que vous m'excuseriez. Mais vous n'en avez
point; et moi qui en ai un, je ne puis me soustraire
aux lois communes à toutes les mères : c'est ce qui
me force, contre toute raison, contre ma propre volonté, à vous demander une chose que je sais que
vous estimez beaucoup et à bon droit, puisqu'elle est

la seule consolation que la fortune vous ait laissée ;
en un mot, c'est votre faucon que je vous demande.
Mon fils est malade ; il a une si grande envie de
l'avoir, que je crains fort, si je ne le lui apporte,
que sa maladie n'empire, et que le chagrin ne le
fasse mourir : c'est pourquoi je vous conjure, non
par votre amitié, car vous ne m'en devez point, mais
par cette bonté de cœur, cette bienfaisance généreuse qui ne s'est jamais démentie, et qui vous distingue si supérieurement des autres hommes ; je vous
conjure, dis-je, de m'accorder la grâce que je vous
demande. Mon fils vous devra la santé, peut-être la
vie, et vous allez par ce bienfait acquérir des droits
éternels sur son cœur et sur le mien.

Fédéric ne pouvant satisfaire les désirs de la dame,
puisqu'elle avait mangé ce qu'elle lui demandait, se
mit à pleurer avant de pouvoir répondre une seule
parole. La dame crut que le chagrin de perdre son
faucon était la cause de ses larmes : elle fut sur le
point de se rétracter ; cependant elle attendit la réponse qu'il lui ferait, quand il aurait cessé de pleurer.
Madame, lui dit-il, depuis le premier moment que
j'ai été épris de vos charmes, j'ai reconnu que la
fortune m'a été contraire en bien des choses, et je
me suis plaint de ses rigueurs ; mais tous les revers
que j'ai éprouvés ne sont rien en comparaison de ce
qu'elle me fait souffrir aujourd'hui ; il m'en restera
toujours une vive amertume dans l'âme. Et pouvait-
elle me porter un coup plus sensible, plus cruel,
quand je considère que vous vous êtes donné la
peine de vous rendre en cette chaumière, où vous
n'auriez certainement pas daigné venir quand j'étais
riche, et que vous me demandez une chose qu'il m'est
absolument impossible de vous donner ? Cruelle fortune, ne cesseras-tu donc jamais de me persécuter !

J'ai souffert patiemment toutes mes disgrâces ; mais je vous avoue, madame, que celle-ci m'accable ; je n'ai plus de faucon. Aussitôt que vous m'avez fait la grâce de me dire que vous veniez dîner avec moi, sensible à cette grande faveur, j'ai pensé qu'il fallait selon mon petit pouvoir, vous offrir un mets plus délicat que ce qu'on sert ordinairement pour d'autres personnes. Je me suis souvenu du faucon ; j'ai pensé qu'il serait assez bon pour vous être présenté ; je l'ai tué sans balancer, quelque excellent qu'il fût pour la chasse, et vous l'ai fait servir à dîner. Mais puisque vous désiriez de l'avoir vivant, je ne me consolerai jamais de vous l'avoir donné à manger. Je ne le vois que trop, il est de ma malheureuse destinée de ne pouvoir rien faire qui vous soit agréable. Après ces paroles, pour la convaincre qu'il était loin de lui en imposer, il fit apporter les plumes, les serres et le bec de l'oiseau.

Madame Jeanne le blâma fort d'avoir tué un faucon d'un tel prix, pour le lui servir à manger ; mais, dans le fond de son âme, elle lui sut un gré infini de sa générosité, que le malheur et la misère n'avaient pu lui faire perdre. Je vous tiendrai compte toute ma vie, lui dit-elle ensuite, de ce sacrifice, de quelque manière que la Providence dispose de mon fils. Se voyant donc sans espoir d'avoir le faucon, elle prit congé de Fédéric, le remercia de son honnêteté et de ses bonnes intentions, et s'en retourna fort triste, rêvant à ce qu'elle dirait à son enfant pour le consoler du malheur qui était arrivé. Elle le trouva plus malade, et eut la douleur de le voir mourir quelques jours après, soit que le chagrin de n'avoir pu avoir le faucon eût empiré son état, soit que sa maladie fût mortelle de sa nature.

Cette mort affligea beaucoup la dame. Après avoir

donné quelques jours à ses larmes, elle se vit solli-
citée par ses frères à se remarier, parce qu'elle était
encore jeune et fort riche. Elle n'en avait pas trop
d'envie ; mais se voyant tous les jours pressée par
ses parents et ses amies, elle se ressouvint de l'honnêteté, de la constance, de la générosité de Fédéric,
qui avait tué son faucon pour lui donner à dîner. Je
demeurerais volontiers veuve, dit-elle à ses parents,
si cela vous faisait plaisir ; mais, puisque vous voulez
que je me remarie, je vous préviens que je n'accep-
terai jamais pour époux que Fédéric d'Albérigni.
Que dites-vous là ? s'écrièrent ses frères en se mo-
quant d'elle. Parlez - vous sérieusement ? Nous ne
pouvons le croire. Ignorez-vous que ce gentilhomme
est aujourd'hui dans la plus affreuse misère ? Je le
sais, répliqua-t-elle ; mais j'aime mieux un homme
qui ait besoin de richesses, que des richesses qui
aient besoin d'un homme. Ses frères la voyant dé-
cidée à ne pas prendre d'autre mari que celui-là, ne
pouvant d'ailleurs se dissimuler que Fédéric ne fût
un très-honnête gentilhomme, consentirent qu'elle
l'épousât, tout pauvre qu'il était. Le mariage se fit
avec beaucoup de magnificence. Le nouvel époux,
que l'adversité avait rendu sage, se voyant, pour la
seconde fois, à la tête d'une grande fortune, devint
économe, et passa avec celle qu'il avait si longtemps
aimée, des jours heureux dans les plaisirs et dans la
plus tendre et la plus parfaite union.

LA PRÉCIEUSE RIDICULE

Fresce de Chelatico avait une nièce à laquelle on
avait donné, par mignardise, le nom de Fanchonnette.

Elle était jolie, bien faite, et avait un air assez noble; mais ce n'était pourtant pas de ces jolies femmes qu'on revoit toujours avec un nouveau plaisir : au contraire, son orgueil et sa fierté la rendaient souvent insupportable. Elle se donnait les airs de dédaigner les hommes, de mépriser les femmes, de ne trouver rien d'aimable dans les autres, sans considérer qu'elle avait plus de défauts que personne. Impertinente, inquiète, capricieuse, on ne faisait jamais rien qui fût à son gré. Avec un esprit contrariant au suprême degré, et beaucoup d'autres défauts, elle ne laissait pas de s'estimer autant et plus qui si elle eût été une princesse du sang royal de France. Quand elle sortait, tout l'infectait, et elle avait presque toujours le mouchoir au nez : en un mot, c'était une précieuse ridicule dans toutes les règles. Un jour étant sortie et rentrée dans le même quart d'heure, et poussant mille petites exclamations de dédain, qu'elle accompagnait d'autant de grimaces affectées, elle alla s'asseoir auprès de son oncle. D'où vient donc, Fanchonnette, lui dit-il, qu'aujourd'hui, jour de fête, vous voilà sitôt de retour? Je n'ai rien vu qui me plaise, mon oncle, répondit-elle d'un air mignard. Je n'aurais jamais cru qu'il y eût en cette ville autant d'hommes si mal bâtis, et autant de femmes si maussades que j'en ai rencontré aujourd'hui. Tout ce qui s'est offert à ma vue m'a paru vilain et dégoûtant; et comme il n'y a personne au monde à qui les objets désagréables donnent plus d'ennui qu'à moi, je suis rentrée pour ne les point voir. Fresco, qui ne pouvait plus souffrir les affectations de sa nièce, lui dit d'un air sérieux : Puisque les personnes désagréables te déplaisent si fort, le moyen, ma fille, de t'épargner ce chagrin, est de ne te regarder jamais au miroir. Cette demoiselle, dont l'ignorance et la bêtise égalaient la vanité, et qui néanmoins croyait en savoir autant que Salomon, ne comprit point ce que voulait dire son oncle, et elle lui répondit qu'elle voulait se mirer comme les autres; et elle demeura bête et mignarde toute sa vie.

LE CUISINIER

Messire Conrard, citoyen de Florence, avait toujours été homme de grande dépense, libéral, magnifique, aimant beaucoup les chiens et les oiseaux, pour ne rien dire de ses autres goûts. Un jour, à la chasse du faucon, il prit une grue, près d'un village nommé Perctola. La trouvant jeune et grasse, il ordonna qu'on la remît à son cuisinier pour la rôtir et la servir à son souper. Notez bien que ce cuisinier, Vénitien d'origine, et qui portait le nom de Quinquibio, était un sot accompli. Il prend la grue, et la fait rôtir de son mieux. Elle était sur le point d'être cuite, et répandait une excellente odeur, lorsqu'une femme du quartier, appelée Brunette, dont Quinquibio était amoureux, entra dans la cuisine. L'agréable fumée qu'exhalait l'oiseau qu'on venait d'ôter de la broche, fait naître à cette dame l'envie d'en manger, et aussitôt de prier instamment le cuisinier de lui en donner une cuisse. Celui-ci se moque d'elle, et lui répond en chantant : *Vous ne l'aurez pas, dame Brunette, vous ne l'aurez pas de moi.* Si vous ne me la donnez, répliqua la femme, je vous jure que je me vengerai. Après plusieurs paroles de part et d'autre, Quinquibio, qui ne voulait pas lui déplaire, coupe la cuisse et la lui donne. Il y avait ce jour-là au logis

grande compagnie à souper. La grue fut servie avec
une seule cuisse. Un des convives, qui fut le premier
à s'en apercevoir, ayant montré de l'étonnement, messire Conrard fit appeler le cuisinier, et lui demanda
ce qu'était devenue l'autre cuisse. Le Vénitien, naturellement menteur, répondit effrontément que les
grues n'avaient qu'une jambe et une cuisse. Crois-tu
donc que je n'ai jamais vu d'autre grue que celle-ci ?
— Ce que je vous dis, monsieur, est à la lettre ; et
si vous en doutez encore, je me fais fort de vous le
prouver dans celles qui sont en vie. Tout le monde
se prit à rire de cette réponse ; mais Conrard, ne voulant pas faire plus grand bruit à cause des étrangers
qu'il avait à sa table, se contenta de répondre au
lourdaud : Puisque tu te fais fort, coquin, de me
montrer ce que je n'ai jamais vu ni entendu dire,
nous verrons demain si tu tiendras ta parole ; mais
parbleu, si tu ne le fais pas, je t'assure que tu te
souviendras longtemps de ta bêtise et de ton opiniâ-
treté ; qu'il n'en soit à présent plus question : re-
tire-toi.

Le lendemain, messire Conrard, que le sommeil
n'avait point calmé, se leva à la pointe du jour, le
cœur plein de ressentiment contre son cuisinier. Il
monte à cheval, le fait monter sur un autre pour
qu'il le suive, et va vers un ruisseau, sur le bord
duquel on voyait toujours des grues au lever de
l'aurore. Nous verrons, lui disait-il en chemin, de
temps en temps, d'un ton de dépit, nous verrons
lequel de nous a raison. Le Vénitien, voyant que son
maître n'était pas revenu des premiers mouvements
de sa colère, et qu'il allait se trouver confondu, ne
savait comment faire pour se disculper. Il aurait volontiers pris la fuite, s'il eût osé, tant il était épou-
vanté des menaces du gentilhomme. Mais le moyen,

n'étant pas le mieux monté ? Il regardait donc de tous côtés, croyant que tous les objets qu'il apercevait étaient autant de grues qui se soutenaient sur deux pieds. Arrivés assez près du ruisseau, il fut le premier à en voir une douzaine, toutes appuyées sur un pied, comme elles font ordinairement quand elles dorment. Il les montre aussitôt à son maitre, en lui disant : Voyez donc, monsieur, si ce que je vous disais hier au soir n'est pas vrai : regardez ces grues, et voyez si elles ont plus d'une jambe et d'une cuisse. Je vais te faire voir qu'elles en ont deux, répliqua messire Conrard ; attends un peu ; et s'étant approché, il se mit à crier, hou ! hou ! hou ! A ce bruit, les grues de s'éveiller, de baisser l'autre pied, et de prendre ensuite la volée. Eh bien, maraud, dit alors le gentilhomme, les grues ont-elles deux pieds ? Que diras-tu maintenant ? Mais, monsieur, repartit Quinquibio, qui ne savait plus que dire, mais vous ne criâtes pas hou ! hou ! hou ! hou ! à celle d'hier au soir ; car si vous l'aviez fait, elle aurait mis à terre, comme celle-ci, l'autre pied. Cette réponse ingénue plut si fort à messire Conrard, qu'elle désarma sa colère ; et ne pouvant s'empêcher d'en rire : Tu as raison, Quinquibio, lui dit-il, j'aurais dû vraiment faire ce que tu dis : va, je te pardonne ; mais n'y reviens plus. C'est ainsi que, par une répartie tout à fait plaisante, le cuisinier esquiva la punition, et fit sa paix avec son maître.

RIEN DE PLUS TROMPEUR QUE LA MINE

Messire Forêt de Rabata était un petit homme fort mal fait, ayant le visage plat et le nez camus comme celui d'un chien terrier : il était en un mot si affreux, que l'eût-on comparé au plus difforme des Baronchi, on l'aurait encore trouvé fort laid. Cependant, avec sa difformité, il fut un si grand jurisconsulte que les savants de son temps l'ont regardé comme un code vivant de droit civil.

Giotto, fameux peintre, n'était guère moins laid. Celui-ci avait une imagination si vive pour saisir tous les rapports des objets, pour en rendre les moindres nuances, que ses ouvrages faisaient illusion, et qu'on prenait pour la nature ce qui n'en était qu'une imitation, tant son pinceau était énergique et plein de vérité. C'est lui qui ressuscita la peinture de l'état de langueur et de barbarie où l'avaient plongée des peintres sans goût et sans talent, plus jaloux de charmer les yeux des ignorants et de gagner de l'argent que de plaire aux connaisseurs et d'acquérir de la gloire : aussi le regarde-t-on comme une des lumières de l'école florentine. Ce qui relevait infiniment son mérite, était une modestie fort rare dans les gens de son état. Il avait l'ambition d'être le prince des peintres, et néanmoins il ne voulait point qu'on lui donnât seulement le nom de maître. Mais son humilité ne faisait qu'augmenter l'éclat de ses talents, qui lui attiraient chaque jour des envieux parmi les autres peintres, et même parmi ses propres élèves.

Ces deux hommes, aussi mal faits et d'une figure aussi désagréable l'un que l'autre, avaient leur bien à un village près de Florence, nommé Maguel. Après y avoir passé quelques jours de la belle saison, comme ils s'en retournaient à Florence, aussi mal montés et aussi mal habillés l'un que l'autre, tandis qu'ils cheminaient ainsi ensemble au petit pas, ils furent surpris par une de ces grosses pluies d'été qui viennent tout à coup et finissent quelquefois de même. Pour se mettre à couvert, ils entrèrent dans la chaumière

d'un paysan qu'ils connaissaient. Cependant la pluie
ne discontinuait point. Impatientés d'attendre, et
voulant arriver de jour à la ville, ils empruntèrent
chacun à ce paysan un vieux manteau de bure grise
et un méchant chapeau, ne trouvant rien de meilleur,
et se remirent en chemin. Après avoir marché quelque temps fort mouillés et fort crottés, l'orage se dis-
sipa. Messire Forêt, écoutant Giotto, qui était beau
parleur, s'avisa de le regarder avec affectation de
pied en cap ; et, le trouvant si laid et si mal accoutré,
sans songer qu'il n'était pas plus beau lui-même, il
se mit à rire, et lui dit : Pensez-vous que si nous ren-
contrions quelqu'un qui ne vous eût jamais vu ni
connu, il vous prît pour le plus excellent peintre du
monde ? Oui, monsieur, répliqua Giotto dans le moment, s'il pouvait croire, en vous examinant des pieds
jusqu'à la tête, que vous savez seulement votre a b c.
Le jurisconsulte, se voyant battu des mêmes armes
dont il avait attaqué son compagnon de voyage, demeura bouche close, et reconnut son imprudence.
Cette anecdote, dont je puis garantir la vérité, nous
apprend qu'il ne faut jamais railler les autres, quand
on fournit soi-même matière à la raillerie.

LE MAUVAIS CONTEUR

Il n'y a pas longtemps qu'il y avait dans Florence
une dame de condition très-aimable et parlant bien,
nommée Horette, et femme de messire Geri Spina.
Pendant son séjour à la campagne, où elle passait six
mois de l'année, elle fit la partie, avec plusieurs dames
et plusieurs messieurs qu'elle avait eus la veille à
dîner chez elle, d'aller voir un sien parent ou ami
dont la maison de plaisance était voisine de la sienne.
La moitié de la bande était à pied, et l'autre à che-

val. Comme elle était du nombre des premiers, et qu'elle paraissait un peu fatiguée, un des cavaliers lui offrit de la prendre en croupe, et de lui conter chemin faisant la plus jolie histoire du monde. La dame accepte l'offre, et voilà mon homme qui commence son récit. Or, vous saurez que ce gentilhomme était aussi propre à raconter des histoires qu'à porter une épée au côté. Il s'embrouille, il répète, il se reprend, il veut recommencer, il s'embarrasse de nouveau, confond les noms; en un mot, il ne sait ni ce qu'il dit ni ce qu'il doit dire. Madame Horette, qui, à travers ce galimatias, comprit que le fait dont il s'agissait était intéressant, souffrait cruellement de le voir estropié de la plus étrange manière. Elle patienta quelque temps; mais voyant enfin que le conteur s'embarrassait de plus en plus, et désespérant de le voir sortir du désordre où il s'était jeté, elle ne put se contenir, et prit le parti de lui dire brusquement : « Je vous prie, monsieur, de vouloir bien me laisser descendre; votre cheval est trop rude pour moi. » Le cavalier, qui ne manquait pas d'intelligence, quoiqu'il sût mal raconter, comprit fort bien ce que cela voulait dire; il laissa là l'histoire qu'il avait si mal commencée et plus mal continuée, parla d'autres choses, et finit par amuser la dame qu'il avait d'abord si fort ennuyée.

De même que les étoiles font l'ornement du ciel, que les fleurs font celui des prairies et des jardins, et que les bosquets décorent agréablement les collines; de même, les pensées choisies, une anecdote racontée à propos, les bons mots et les saillies font la beauté et l'ornement du discours.

FIN

Paris. — Imp. A. PARENT, rue Monsieur-le-Prince, 31.

www.ingramcontent.com/pod-product-compliance
Lightning Source LLC
Chambersburg PA
CBHW060844250626

47162CB00005B/2158